Trois nuits dans la vie de Berthe Morisot

COLLECTION FICTIONS

MIKA BIERMANN

TROIS NUITS DANS LA VIE DE BERTHE MORISOT

ANACHARSIS

Illustration de couverture : *Berthe Morisot au bouquet de violettes*, Édouard Manet, 1872, musée d'Orsay

ISBN : 979-10-279-0409-9

Diffusion-distribution : Harmonia Mundi Livre

43, rue de Bayard
31000 Toulouse
www.editions-anacharsis.com

Vie désespérante pour un biographe affamé d'aventures, avide d'agitations, en quête d'événements pathétiques ou même simplement d'anecdotes pittoresques…

Armand Fourreau, *Berthe Morisot*, 1925

Le train file à travers les champs comme une maille dans un bas de soie.

Berthe est habillée de clair. Le noir, c'est pour la ville. Le blanc, c'est pour les poules.

Eugène porte un canotier. Ce n'est pas ridicule, quand on est en vacances.

Dans le compartiment, ils se font face. Berthe regarde Eugène, lui, il lit *La Gazette*. Il n'est pas bien gros, se dit-elle, il est maigre. Elle préfère. Les gros, ce n'est pas sa tasse de thé.

– Chéri, dit-elle.

Chéri lève ses yeux noisette de son journal, un instant, puis retourne aux petites annonces.

> HYDROTHÉRAPIE – *Nouveaux modèles d'appareils pour DOUCHES EN PLUIE Bains de siège Baignoires.*
>
> MACHINES À COUDRE AMÉRICAINES – *Système Singer de New York Seules machines qui aient obtenu la médaille de 1re classe à l'Exposition 1855.*

Berthe comprend son mari. Elle regarde par la fenêtre. L'été a peigné le blé. Les forêts enferment les ombres derrière les barreaux de leurs troncs. Un troupeau de brebis soulève la poussière du chemin ; on ne voit pas le berger. Potence. Poteau. Pylône. Berthe ne saura jamais qui vit dans cette maison au bord d'un canal : une famille, heureuse, un assassin, méchant, un travailleur, exploité ? Un pan de colline tire le rideau sur le drame. Un chaland est coulé par un bosquet. Deux chasseurs traversent la voie. Un clocher dépasse d'une combe. Nuages – blancs – dans un ciel – bleu.

Demain sera un autre jour.

Maintenant, Berthe a faim.

– Tu as faim, Eugène ?

Son mari pose le journal, le plie trois fois, lisse sa barbe avant de répondre :

– Un peu.

Elle lève les yeux vers le panier en osier sur le porte-bagage. Il finit par comprendre, sans sourciller il descend le pique-nique.

– Regarde !

Elle a trouvé une petite table vissée à la paroi qu'elle peut faire pivoter au-dessus de leurs genoux. Elle est ravie. Eugène sort un pain. Une bouteille de vin. Un pâté dans un bocal. Il déplie son couteau de poche. Ils se passent le pâté pour le renifler.

– Il est bon ?

– Il est bon.

Il coupe du pain. Ils tartinent. On a oublié les verres, Berthe n'ose pas boire au goulot, à cause de sa robe blanche. Eugène, très sérieux, lui montre la technique et finit par en mettre sur le revers de son veston. Il n'est pas content ; elle ne peut pas s'empêcher de rire.

Le soleil, éclaboussé d'ombres, chauffe son bustier. Berthe s'assoupit malgré elle, elle sait combien une femme qui dort assise, la bouche ouverte, est disgracieuse. Eugène a repris son journal.

MALADIES CONTAGIEUSES – *guérison prompte, radicale et peu coûteuse par le traitement du Docteur Ch. ALBERT.*

LA LIMONADE *au citrate de magnésie de ROGÉ est le seul purgatif d'un goût agréable et d'un effet certain.*

L'article sur le dépôt du mètre étalon en platine au Bureau international des poids et mesures dans l'enceinte du pavillon de Breteuil ne l'intéresse pas plus que ça. Le contrôleur annonce à grande moustache l'arrivée en gare de Plinecourt dans une demi-heure. Berthe somnole. Son chapeau s'écrase.

On a le temps.

– Tu as pris combien de toiles ?
– Une dizaine seulement.
– Seulement ? Explique ça au porteur !
– Tu pourrais l'aider, peut-être.

Mais Eugène porte déjà un sac et une valise. Berthe porte le panier en osier. Le porteur, jeune homme patibulaire, croule sous la boîte à peinture, le chevalet de campagne, une deuxième valise et une pile de cadres de tailles différentes.

– Faites attention, dit Berthe.

C'est elle qui pousse la porte de la gare. Sur le parvis attend une carriole. Une jeune femme murmure à l'oreille embroussaillée du vieux paysan juché sur une planche. Elle dévisage les voyageurs.

– Ma fille, explique le cocher.

Berthe sent un pincement au cœur, un tintement à l'entrejambe. Elle était jeune, elle aussi, jadis. Maintenant, elle a trente-quatre ans. La petite est rousse, et peu lavée. Ses boucles, luisantes comme du cuivre brossé, coulent sur ses épaules, sautent vers ses reins. Ni nattes, ni chapeau. Son visage est étroit, aux joues mouchetées de taches de son. Rien, ni le travail ni les intempéries, n'a réussi à faire tomber les murs de sa beauté rurale. Ses yeux ont la couleur du chocolat froid. Berthe reconnaît le triomphe dans le regard des adolescents : ils ont gagné à la loterie sans avoir misé un kopeck.

– Bonjour, Madame.

Ni révérence ni courbettes.

– Comment tu t'appelles ?

– Nine.

Nine n'a pas salué Eugène. Elle n'a pas regardé Eugène. Eugène est en train d'étudier la façade de la gare, mains dans le dos. On dirait un architecte chargé de refaire le Parthénon. Le porteur, ayant empilé leurs affaires dans la carriole, reluque la fillette. Elle porte jupon et tablier, mais quelque chose se dessine sous l'étoffe. Elle va pieds nus ; ses orteils sont courts – on est à la campagne ! – mais le cou-de-pied, noir de crasse, est joliment arrondi.

– Nine !

– Oui, Madame.

– On peut y aller.

Le cocher fait claquer son fouet. Le porteur, qui n'est rien d'autre qu'un valet de ferme, file en courant.

– Tu lui as donné une pièce ?

– Je n'ai pas eu le temps !

Eugène est désolé.

Ils se mettent en route derrière les roues brinquebalantes. Nine a pris les devants et le bridon du cheval. L'animal est de couleur moutarde, aux reflets tournesol. Sa crinière, c'est du lin. Sa croupe chaloupe. Le vieux tangue sur l'étroite banquette, le bord de son chapeau mou est tout flapi. La rue de la gare aligne des arbousiers pas assez grands pour faire de l'ombre. On tourne à gauche sur un chemin de terre. Le cheval lève la queue, expulse des boules de crottin qui roulent sous les roues. Le cœur de Berthe chavire de bonheur ; Eugène enjambe le désastre.

– Voilà votre maison !

– Ça a l'air pas mal.

– J'ai tout nettoyé. Les draps sont neufs.
– Merci, Nine.
– Je passerai demain après l'angélus.
– Et le dîner ?
– Je ne suis pas cuisinière.
– Il était entendu que…
Berthe prend le bras de son mari.
– Laisse-la partir. On se débrouillera.
– Il y a un pain sur la table et du beurre dans le puits.
– Merci, Nine.
– Hue !
Le vieux taciturne le dit encore une fois.
– Hue !
Les roues grincent. Berthe monte l'escalier, portant son chevalet.

Eugène plie son pantalon. Tout à l'heure il a fait semblant de croquer dans un oignon. C'est rare qu'il fasse ainsi des blagues ; le garçon est plutôt sérieux. Ça doit être le bon air de la campagne. Berthe a couru dans le jardin, il y avait la tonnelle, la table en bois, le puits, un carré de légumes, un énorme tilleul. Demain, ils y déjeuneront. Eugène, en chemise de nuit, se penche pour fermer les volets. Le ciel a la couleur d'un vieux buvard. Un crapaud coasse quelque part. Est-ce bien un crapaud ? Ô citadins !

– Laisse ouvert !

– Et les bêtes ?

Déjà un papillon de nuit erre autour de la bougie. Trois autres, ailes consumées, jonchent la table de nuit.

– On n'a qu'à éteindre !

Elle souffle la flamme. Elle sait qu'il voudrait lire une page ou deux, ça lui plaît de l'embêter ainsi.

Eugène ne dit rien. Le lit grince. Berthe sent l'odeur de son mari : tabac, cannelle, cumin, et quelque chose d'étrange qui émane de sa barbe, peut-être du radis frais, ou du beurre. Elle s'attend à un baiser sur le front, tous ces poils qui lui chatouilleront l'oreille, mais rien ne vient. Elle n'ose tendre la main ; on ne sait jamais sur quoi on tombe dans le noir. Elle a lâché ses cheveux sur l'oreiller, ils sentent l'oignon, demain, elle prendra un bain. Dans la rivière. Il paraît qu'il y a une rivière par ici. Berthe y pense très fort pour s'endormir, aux remous et remugles de la lumière sur l'eau, si ce n'est pas un bras vert plein de vase qui stagne sous les branches. Eugène dort déjà, il a cette faculté de s'éteindre sans transition, sans annonce, sans soupir, comme un prestidigitateur qui sort le lapin blanc du sommeil de son chapeau. Ça l'ennuie parfois, Berthe, cet égoïsme. Elle est jalouse, elle, qui pense à la peinture, ce qui l'empêche de fermer l'œil. Ça y est, l'homme se met à ronfler, c'est rassurant, il n'est pas mort. Ce ne sont pas d'énormes ronflements glaireux, mais plutôt une respiration forte, atténuée par la barbe, ça berce comme le tic-tac d'une horloge. Dehors, une chouette ulule. Si c'est une chouette. Berthe a chaud sous la couette, elle sort une jambe, appât pour les monstres sous le lit. On distingue l'emplacement de la fenêtre, le noir y a une autre qualité, moins cotonneuse, plus fluide, parsemée de paillettes. Où est la lune, avec sa mélodie de hautbois, son exquise pâleur, ses ombres qui refusent la bataille ? La lune, loin, seule et froide. Parfois, Berthe a de la peine pour elle. Et parfois elle a de la peine pour elle-même, sans savoir pourquoi. La nuit, c'est l'ennemi des peintres. Demain, elle fera un tableau du jardin. Eugène refuse de poser. Allongée sur le dos, elle essaye de comprendre pourquoi ils sont deux dans ce lit. À table, c'est agréable, d'être deux. Eugène mange très proprement, malgré sa barbe. Pour la promenade, ça va aussi. En hiver il porte des gants de pécari, et il est capable d'expliquer que le pécari est un mammifère de la famille des Tayassuidae présent en Amérique du Sud, en Amérique centrale, au Mexique et dans le Sud des États-Unis. Au Salon, il a du mal à tenir tête à son frère ; c'est normal, personne n'arrive au genou du grand Édouard, même pas elle. Elle n'en veut pas à Eugène, les génies, c'est fatigant. Eugène sait faire des ombres chinoises avec ses mains, le cabri, le loup, le canard, le cygne, l'aigle en plein vol, c'est déjà pas mal. C'est au lit, une fois couchée, qu'elle sent un malaise qu'elle ne saurait expliquer et qui est probablement dû au fait qu'ils ont fait l'amour seulement trois fois depuis leur nuit de noces il y a six mois. Ce n'est pas assez pour comprendre.

Demain, elle va commencer un tableau, pour ça, elle n'a besoin de personne.

Elle aimerait descendre à la cuisine boire un verre d'eau ; elle aimerait sortir dans le jardin pieds nus ; elle aimerait se toucher les seins ; elle ne fait rien de tout ça, parce qu'elle a peur de réveiller son mari.

Berthe ferme ses grands yeux vert Véronèse dans le grand noir de la nuit d'été.

Demain, demain, toujours demain.

Qu'est-ce que c'est ? Un moustique ?

Berthe ouvre grand ses yeux vert impérial. La chambre est là, la chaise, la commode, le broc, le plancher, le rideau, le ciel. La nuit, penaude, a tout rendu au petit matin. La femme ne bouge pas, tout doucement elle se laisse remplir de lumière, comme une cruche qu'on remplit de lait. La place à côté d'elle est vide, quelqu'un lui a volé son mari, ou alors c'est lui-même qui s'est échappé en catimini. C'est un lève-tôt, l'Eugène.

Elle n'a mal nulle part. Ses bras sont longs, ses cuisses courtes, ses seins durs, ses mollets ronds. Elle s'étire, se lève. Il y a un miroir piqueté sur la commode. Ses oreilles dépassent d'entre ses cheveux en bataille. Elles sont grandes, et décollées. Elles étaient déjà comme ça quand elle était petite. « Feuilles de chou ! » « Attention aux bourrasques ! » « Oreilles face à la route ! » Ça sera comme ça quand elle sera vieille. Elle a fini par bien les aimer, ses oreilles. L'oreille est le chemin du cœur. Berthe se fait un chignon. Elle se refait la raie, ses cheveux sont poisseux, ses accroche-cœurs sont des ressorts. Quand elle arrondit le bras au-dessus de sa tête, la touffe obscure de son aisselle se dresse comme un lapin à la sortie du terrier. Une odeur de caramel lui passe sous le nez.

Berthe retrousse sa chemise de nuit et s'accroupit au-dessus du pot. Eugène a dû pisser dedans, sans le vider, évidemment. Leurs urines mélangées sentent fort ; elle a un pincement au cœur.

Nous sommes des bêtes magnifiques.

Elle cherche son eau de toilette.

Ni bustier ni crinoline. Un caleçon, une robe ample à bretelles : personne ne la verra, sauf son mari. Un ruban bleu autour du cou : nous ne sommes pas chez les sauvages.

Berthe bondit dans l'escalier.

Eugène est assis sagement sur une chaise dans le jardin, habillé de son complet de voyage. Il fume une cigarette. Une vieille brouette est renversée dans l'herbe. Un buisson de lilas disparaît dans un nuage de papillons blancs. On dirait une tempête de neige. Bleu. Des confettis. Jaune. Des pétales. Blanc. Au-delà de la clôture règne la confusion d'un vieux verger. Derrière le verger commence un champ de blé, ou de seigle, ou d'orge, ou d'avoine. Heureux celui qui sait faire la différence. Une colline monte vers l'horizon, les arbres sont des bouquets de trèfle. Berthe se rend compte qu'elle est pieds nus : le carrelage est frais.

Elle coince le moulin à café entre ses cuisses et tourne longtemps la manivelle.

C'est agréable.

L'eau est seulement tiède, le fourneau éteint, tant pis. Elle aimerait fumer, elle aussi, mais Eugène va froncer les sourcils. Un bout de pain fera l'affaire. Il va falloir embaucher une bonne. Elle pense à la Nine, ses pieds sales, ses boucles rousses. Elle regarde son mari à travers la fenêtre. Sa raideur la navre. Sinon, il est bel homme, avec ses yeux de chat, son nez aquilin, sa belle barbe. Sa moustache est plus claire que le reste. Elle aimerait voir son corps, un jour. Il l'a pénétrée dans le noir, en gardant sa chemise. Trois fois en six mois. Berthe se demande si c'est sa faute à elle. Elle sort sur la terrasse, descend deux marches et embrasse Eugène sur la joue. Il sent bon le tabac blond.

– Il va falloir embaucher quelqu'un !

– À midi, on mange au village.

– Je vais peindre un peu.

– Bien sûr que tu vas peindre un peu. Ici, dans le jardin ?

– Dans le jardin. Tu restes là ?

– D'accord.

Tiens. D'habitude, il a horreur de poser.

– Prends un livre…

Le chevalet de campagne, aux articulations en cuivre, ressemble à une petite potence. La toile est blanche ; le jardin est en couleur. Berthe dépose de petites virgules de peinture sur sa palette. Bleu, blanc, rouge, vert, jaune, ocre. Elle admire l'ordre qui y règne, chaque couleur luit comme un œil. Elle adore les promesses, elle redoute l'échec. Pas besoin de dessin préparatoire. Elle prend une brosse, la toile est à l'ombre, sa tête au soleil : elle porte le canotier d'Eugène. Le jardin est effrayant, la profusion de détails forme un ensemble confus. Elle essaye de se détendre. Elle essaye d'entendre. Les chants sont multiples, les possibilités infinies, c'est une putain de cacophonie. Va falloir faire des choix. C'est ça, l'art de la peinture : faire des choix. Sa brosse écrase la noix d'ocre, Berthe lève le bras et macule la toile. Un immeuble s'écroule, un bateau se détache du quai, une montgolfière rompt ses câbles. Plus jamais cette toile ne sera blanche. Berthe sent une saine colère l'envahir. Elle ajoute quelques touches au hasard, l'essentiel est de gagner du temps, de gagner le large. Puis elle s'arrête, ses bras retombent, elle a envie de pleurer, comme pendant sa nuit de noces. Elle rigole, dessine le tronc du tilleul. Il faut bien jeter l'ancre quelque part. Eugène est encore une espèce de haricot, elle lui fait des bras. On peut rater un arbre, il ne va pas se plaindre ; les humains, par contre… L'odeur de la térébenthine lui monte au nez, elle fronce les sourcils, on dirait une cuisinière qui hache un oignon. Ses yeux sautent de la toile au jardin et du jardin à la toile. Ses deux mains tiennent trois brosses, un jongleur, un chirurgien, un coiffeur ne feraient pas mieux. Sur la palette les couleurs se font la guerre, des hordes de soldats se rentrent dedans, ça saigne. L'artiste se sent l'âme d'un général. Elle commandera au temps et aux choses. Un peu d'expérience ne fait pas de mal ; de l'expérience, elle en a, ce n'est pas son premier tableau, quand même. Berthe sent le vertige qu'il s'agit de combattre. Elle recule, se prend les pieds dans une touffe d'herbe et manque de chuter dans un parterre de lierre. Le tableau est trop décousu. Patience. Respire. On a le temps. Faut y retourner, à la source, c'est tout. Un tableau raté, on peut le brûler sur le fumier. Le défaitisme est le père de la défaite. Longue montée vers le col. La caravane cherche un puits. Eugène tourne une page. Il est là, comme une pomme, comme un galet, comme c'est facile ! Berthe sait déjà que ça ne sera pas son chef-d'œuvre. Un artiste sait ces choses. Elle travaille, elle bataille, elle gagne un pan de ciel, un peu d'air frais, un peu de profondeur. Chaque coup de pinceau appelle le prochain. À chaque instant on peut choir dans le vide, s'engager dans un cul-de-sac, mettre trop de sel dans la soupe : pas étonnant que ce métier n'attire pas les foules. Concentration ! Deux coups suffisent pour le visage d'Eugène. Pif paf. Ça lui ressemble. La chance n'a rien à voir là-dedans. De toute façon, ce n'est pas lui, ceci n'est pas un homme, Berthe le sait parfaitement. Parfois elle a l'impression de traduire du chinois. Ça y est, elle s'est fait une tache verte sur le bas de la robe. Son mari s'impatiente, mais elle n'a plus besoin de lui, ni de l'arbre, ni des lilas, le tableau est assez grand et peut marcher tout seul, maintenant. Elle rajoute une touche, il faut savoir s'arrêter, qui a dit que ça serait une balade au bord du lac ? Elle donne un coup à la toile, furieuse. Le pinceau lui tombe des mains, elle sent la bile monter dans sa gorge, la colère n'est pas retombée, c'est une vilaine pochade, elle a raté sa vie.

Trop rapide ou trop lent, ça revient toujours au même.

Eugène s'amène pour voir le résultat. Il caresse sa barbe.

– Pas mal.

Il aurait dû se taire. Berthe l'attaque au pinceau.

– Arrête ! C'est de l'huile, ça ne part pas !

– C'est raté ! C'est ta faute !

– Comment ça, ma faute ?

– Tu as bougé !

– Je n'ai pas bougé !

– Tu fais tache dans le paysage !

– Arrête de râler, chérie. Allons manger !

– Allons manger. J'ai une faim de loup.

Berthe jette un coup d'œil à la toile.

– Tu finiras cet après-midi, dit-il.

– Ou demain, dit-elle. Ou jamais.

Elle prend le bras offert et laisse les tubes en vrac, les pinceaux sales, le tableau sur le chevalet, comme un horloger qui laisse la pendule démontée sur l'établi pour aller boire un coup au troquet.

Ils ont rêvé d'un restaurant, d'un dîner sous la tonnelle, ils doivent se contenter d'un estaminet qui sert des plats. Le seul du village. Les buveurs se taisent quand les deux étrangers entrent. La salle sent le crapaud. Berthe a mis sa robe de voyage et son chapeau de ville, Eugène porte un pantalon à rayures et un chapeau melon. Le patron donne un coup de torchon au zinc et, affable, leur indique une table. Le couple s'installe. La patronne sort de la cuisine. Il lui manque deux dents de devant, elle a du mal à prononcer les D et les T. Voilà pourquoi sur le menu il y a poulet, pas dinde, œuf brouillé, pas omelette, flan, pas tarte Tatin. Eugène commande pour deux, la patronne, chargée d'une mission sacrée, repart dans sa cuisine.

Un gros costaud aux yeux roses se penche sur leur table. L'alcool a planté des radis autour de son pif. Sa tête rasée est un champ de bataille labouré par des obus prussiens. Il sent le vin et le vinaigre.

– Le frère d'Édouard, c'est ça ?

– Oui. Je suis Eugène Manet.

Le public se détend. On plonge dans son verre de rouge. Le gros hoche la tête, mais ne trouve rien à dire.

– Laisse-les tranquilles, dit un petit charpentier vêtu d'une blouse bleue.

– Ça va, Madame ? demande le gros, têtu.

Berthe rougit.

– Très bien, merci.

– Hé, la Barrique ! Laisse la dame. Hé, la Barrique, viens boire un coup !

Une table de quatre lui fait signe de revenir. La Barrique tangue.

– Je fais de mal à personne !

– Et chier tout le monde !

C'est Nine qui apporte les œufs brouillés. Elle pose l'assiette, tire le gros par la chemise, l'oriente dans la bonne direction et l'envoie sur sa route. Ses amis l'accueillent avec une bouteille, la Barrique s'explique, le brouhaha reprend. Les œufs brouillés sont baveux, parsemés de ciboulette. Le pain est plein de trous.

– Vous voulez boire quelque chose ?

– De l'eau ça va aller, dit Eugène.

– Un verre de rouge, dit Berthe.

– C'est du gros rouge.

– Ça me va.

Nine retourne à la cuisine. Eugène semble perplexe.

– Du vin à midi ?

– J'ai soif. Passe-moi le sel, s'il te plaît. Ils connaissent ton frère.

– Oui. Ça fait longtemps qu'il n'est plus venu.

– *Le Déjeuner sur l'herbe*, c'est ici que l'idée lui est venue ?

– Tu rigoles ? Ici, ce ne sont que des péquenots.

– Vous médisez ? demande Nine, apportant deux cruches.

– Pardon ?

– Vous, les Parisiens…

– Tu es née ici, Nine ?

– Oui, Madame. Au village d'à côté.

– Il y a une rivière où on peut se baigner ?

– Se baigner ? Pour quoi faire ?

– Tu ne veux pas venir travailler à la maison ? On te paiera ! N'est-ce pas, Eugène ?

– Cuisine, linge, vider les seaux, deux sous par jour.

– Je ne sais pas. Je vais chercher le poulet.

Eugène fronce les sourcils.

– Tu as de l'œuf dans la barbe, dit Berthe, et, tendrement, elle lui gratte le jaune avec son pouce.

L'après-midi tourne comme une vieille roue de charrette. Après le repas, le couple est parti à la recherche de la rivière. Un enfant famélique, accroupi dans la poussière du chemin, leur a expliqué la direction à prendre dans un patois obscur. Les potagers derrière les fermes débordent. Des échelles montent dans les arbres fruitiers. Les haies sont faites de fougères et de ronces. Eugène traîne un peu la patte, il ne trouve pas ses allumettes pour allumer sa pipe et veut faire demi-tour. Berthe avance sous les saules et les ormes, obnubilée par l'idée de l'eau. Le soleil transforme les feuilles en verre, la poussière en or, la rivière en lumière. L'eau est là, au bout d'un sentier qui descend la berge entre les troncs. La boue y dessine une petite plage sous la voûte des branches. Eugène, la pipe froide entre les dents, s'assoit sur une racine à l'ombre. Berthe délace ses bottines, retrousse sa robe. Le limon remonte entre ses doigts de pied. Des têtards broutent les algues. Des poissons sautent comme des cuillères d'argent. Sur l'onde, ni canotiers ni pêcheurs. L'odeur de la vase lui tourne la tête, ou alors, c'est le vin bu à midi. Tous ces reflets ! Tous ces murmures ! Ciel ! Les mains pleines d'étoffe elle remonte sur la berge et commence à déboutonner sa robe. Eugène remue, inquiet.

– Qu'est-ce que tu fais ?

– Je vais me baigner.

L'homme panique.

– Toute nue ?

– Oui.

Eugène se lève, sa pipe inutile à la main.

Il ne sait pas où aller.

Il ne sait pas quoi dire.

Donc il regarde Berthe se dépouiller de sa robe. Déposer son bustier. Défaire les lanières de son caleçon qui tombe sur ses chevilles. Son visage est pâle comme le linge à ses pieds. Elle fait un pas de côté, quitte le cercle de tissu, et reste debout sur la berge, les bras ballants. Le dernier vestige de Paris est le ruban autour de son cou.

Elle sait que son mari ne l'a jamais vue comme ça.

Elle se demande ce qu'il voit.

Tous deux ont vu des femmes nues en grand nombre.

Il y a plus de culs à l'air au musée que dans un bordel du port le jour de l'armistice. Combien d'Ève se cachent mal derrière leur feuille de vigne, depuis cinq cents ans ? D'innombrables Diane dans leur plus simple appareil, entourées de nymphes dévêtues, peuplent autant de sources dans les sous-bois. Des vénus-couche-toi-là naissent sans cesse. Celle, endormie, de Carracci est entourée de vingt-sept angelots. Celle de Cabanel, la préférée du Salon de 1863, a le pubis plus glabre qu'un œuf. *La Chemise enlevée* de Fragonard se passe de commentaire, les fesses sans fard de la *Jeune fille allongée* de Boucher font jaser. David a abandonné sa Psyché une main devant l'autre. La Cléopâtre de Rixens meurt couvertures rabattues. Delacroix montre Louis d'Orléans en train de dévoiler l'arrière-train de sa maîtresse. La grande odalisque du grand Ingres tend son cou comme un chameau à poil. Les seins de la *Femme à la vague* de Courbet sont des collines ; le cul de la femme dans sa *Source* est une mappemonde. Le scandale du *Déjeuner sur l'herbe* s'efface devant le scandale de l'*Olympia.* Il a fait fort, le frérot, tout Paris a vu la pétasse : plus nue que ça, tu meurs.

Le nu est partout. Dans les fumoirs, des vieux messieurs, cigare à la main, têtes rouges sortant de leurs cols raides, feuillettent des portfolios remplis de gravures qu'ils cachent soigneusement à leurs femmes. Dans les bibliothèques il y a des compartiments secrets remplis de livres illustrés que les maris ouvrent plus souvent que les cuisses de Madame.

Ne parlons pas des photos. À la foire, les hommes font la queue devant des stéréoscopes pour voir du cul noir et blanc en relief.

Le nu est partout, sauf dans la vie. En ville, les femmes se glissent dans leur tub habillées d'une chemise. Dans la chambre, la bougie est toujours soufflée. À la plage, elles doivent se changer dans d'étroites cabines.

Pas aujourd'hui.

Jour de fête.

Berthe lève les bras. Les poils de ses aisselles sont noirs. Sa toison déborde de son pubis sur ses cuisses, sur son ventre. Sa taille est fine, même sans corset. Quelques grains de beauté ornent le bas de son dos. Le ruban à son cou sépare corps et tête. Son chignon balance ; ses oreilles ressemblent aux anses d'une amphore. Elle fait un pas dans la rivière, son derrière s'affermit, les bouts de ses seins se dressent. Elle avance sans hésitation, fait fi de la chair de poule, ne ralentit pas quand une vague lèche la raie de son cul. Quand l'eau lui arrive au nombril, elle se jette vers l'avant, éclabousse et disparaît. Des vaguelettes filent vers le bord. Eugène se redresse. La tête de Berthe réapparaît quelques mètres plus loin, coiffée par les flots. Eugène ne savait pas qu'elle savait nager.

– Elle est bonne !

Elle a un peu peur qu'un silure ne s'attaque à ses pieds.

En sortant de la rivière, elle ne ressemble pas à une Vénus, elle ne flotte pas élégamment sur un coquillage, boucles riches sculptées par le zéphyr. L'eau coule de son menton, la flotte pisse de sa motte, sa peau luit, grasse, ses oreilles se décollent plus que jamais, ses yeux verts brillent, sa bouche est grande ouverte, on dirait qu'elle a entendu une blague potache.

Au retour, Berthe traîne les pieds. Elle est épuisée. Son linge de corps lui colle à la peau. Ses cheveux, toujours poisseux, trempent ses épaules. On dirait la vérité sortie du puits. Son mari marche d'un bon pas, les dents serrées sur le tuyau de sa pipe.

En quittant le bois, ils se font doubler par un troupeau de garçons, boue et poussière, qui courent pieds nus, chemises en berne. Ils bondissent, piaillent et croassent et désignent Berthe du doigt en se poussant dans le dos, puis s'éparpillent dans un verger.

– Tu crois qu'ils m'ont vue ?

– Demain, tout le village est au courant.

– Tu es fâché ?

– Berthe…

– Ce n'est pas un crime, de se baigner ! Je suis sûre qu'ils le font tous, ici.

– On en parlera plus tard…

Deux hommes viennent à leur rencontre. L'un est prêtre, en soutane grasse et affublé d'un chapeau rond à larges bords. L'autre est un gentilhomme de campagne : veste vert mousse, ganté de gris, canne et chien, belle barbe rousse. Il leur tire son chapeau, le curé affable sourit, le chien renifle l'ourlet de Berthe.

– Bonjour, dit le prêtre.

– Madame… fait le gentilhomme.

– Je me présente : Eugène Manet, et voici ma femme, Berthe.

– Vous êtes le peintre ?

– Le peintre, c'est mon frère Édouard.

– Monsieur Charles est amateur, explique le curé. C'est un comte. Dans son château il a plein de tableaux.

– Un tout petit château, une collection plus que modeste…

– Je suis peintre, dit Berthe.

Le prêtre sourit davantage. Le comte se racle la gorge et s'adresse à Eugène.

– Venez prendre le thé chez moi un de ces quatre. J'ai un Daubigny, un étang avec des vaches, d'une fraîcheur exquise. Et aussi un Corot. Une ferme dans les bouleaux. C'est d'un délicat !

– J'ai travaillé dans l'atelier de Corot, dit Berthe.

Le prêtre s'approche d'Eugène.

– Votre frère, c'est un personnage ! L'*Olympia*, quelle…

Il cherche un mot. Berthe aide.

– … peinture fabuleuse !

– Elle risque de donner des mauvaises idées à la jeunesse, il paraît.

– Vous l'avez vue ?

– Comment je l'aurais vue, mon enfant ? Moi qui ne quitte jamais ma paroisse…

Monsieur Charles a des confidences à faire. Il parle tout bas.

– J'ai aussi un tout petit Courbet, deux pommes, qu'il a peint en prison. Mais ça reste entre nous, bien entendu.

– Quand j'ai appris ça, j'ai failli ne plus jamais mettre les pieds au château, dit le curé, hilare.

– Mon père, deux pommes ! Je vous en prie, où est le mal ?

– Ça commence avec deux pommes, ça finit avec la

révolution. Et d'abord ces pommes sont tartinées à la truelle ! Vous chérissez une soi-disant avant-garde qui fait du mal à notre pays.

De toute évidence ce n'est pas la première fois que les deux hommes se chamaillent à propos de Courbet. Monsieur Charles se tourne vers Eugène.

– Qu'est-ce que vous en pensez, du maître d'Ornans, monsieur Manet ?

– Ma foi, tout n'est pas réussi…

– C'est un animal, interrompt le curé. Une bête immonde !

Berthe rigole. Les trois hommes se tournent vers elle. Elle secoue ses mèches mouillées.

– J'ai pris un bain dans la rivière.

– Dans notre rivière ? Je ne comprends pas…

– Vous vous êtes déjà baigné dans la rivière, monsieur le curé ?

– Voyons ! De tels… caprices ne sont guère compatibles avec mes fonctions.

– Et vous, Monsieur Charles ? Vous avez peut-être un étang qui s'y prête sur vos terres ?

– Dans ma prime jeunesse, j'ai parfois, disons… enfin… des bêtises de gamin, quoi. Aujourd'hui je suis un vieux perclus de rhumatismes, qui ne sort que rarement, et encore, pour faire plaisir à monsieur le curé.

– Vous nous enterrerez tous ! Une petite promenade de temps en temps, en contemplant les arbres et le ciel, nous rappelle les œuvres du Créateur et favorise le transit.

– D'autant plus nécessaire que la campagne raffole de viandes lourdes et de vins tanniques, dit le comte, sentencieux. Si je pense à Paris, ses soufflés, ses mousses…

Le prêtre sourit de nouveau et caresse la tête du chien qui bave sur sa soutane.

– Permettez-moi de prendre congé. Les vêpres…

– Vous devez trouver notre vie bien étroite, ici, au village, et notre conversation ennuyeuse, dit le comte.

Berthe ne dit rien, Eugène proteste. Monsieur Charles continue sur sa lancée mélancolique.

– La province émousse les esprits aussi sûr que la rouille un couteau. Si vous supportez les radotages d'un simple amateur d'art au fond de sa tanière, venez un de ces jours au château. On prendra le thé, vous me direz ce que vous pensez de mes dessins d'après nature. Attention ! Un simple passe-temps pour les jours de pluie. Je ne me prends pas pour un artiste, croyez-moi ! Soyez indulgents… Vous êtes les bienvenus… Monsieur Manet… Madame…

Berthe ne dit rien, Eugène serre leurs mains. Le prêtre et le gentilhomme de campagne reprennent leur promenade, le chien, désespéré de leur lenteur, court en cercles. Le couple se regarde. Berthe hoche la tête.

– Ils savent que les critiques ont traité l'*Olympia* d'Édouard de pute au ventre jaune ? D'enseigne de bordel ? Qu'au Salon il fallait placer des gendarmes devant la toile pour la protéger ?

– Si ce monsieur le savait, il ne nous aurait pas invités. Je paye cher les frasques de mon frère !

– Tu ne comptes quand même pas y aller ? Il est barbant, ce vieux !

– La bête immonde, c'est toi, dit Eugène et il lui offre son bras. Rentrons…

Le tableau sur le chevalet n'a pas bougé. Dans le jardin, les ombres ont changé de côté. Berthe rentre son matériel dans la cuisine et tombe sur Nine en train de vider un panier de légumes : choux-fleurs pierreux, choux-raves pâles, épinards à grosses côtes, artichauts, fenouil, carottes, patates, oignons. Une nature morte qui donne envie de peinture et de soupe.

– J'ai frappé, la porte était ouverte…

– C'est bon. Nine, tu peux m'aider ? Je veux me laver les cheveux.

– À l'eau froide ?

– On n'a qu'à allumer le poêle. De toute façon, il faut du feu pour le potage.

Nine prend un chou-rave sur la table et renifle la boule vert d'eau. Berthe ramasse une brindille sur le carrelage, indécise. Elle n'a jamais allumé un fourneau de sa vie. Qu'est-ce qu'il faudrait ? De la paille ? Du petit bois ? Des bûches ? Est-ce qu'Eugène en serait capable ? Est-ce qu'il a retrouvé ses allumettes ?

De toute évidence, la petite ne compte pas l'aider.

– À l'eau froide, ce sera très bien, dit Berthe. Il fait chaud dehors.

– C'est quoi, ça ? demande Nine.

– C'est un tableau.

– C'est moche.

Berthe rigole.

– Ce n'est pas fini.

– C'est vous qui l'avez fait ?
– C'est moi.
– On n'y voit rien.
– Ce n'est pas fini, répète Berthe.
– Je peux en faire, de la peinture ?
– Non.
– Pourquoi pas ?
– C'est un métier. Ça coûte cher, les couleurs. Dis, tu veux bien me laver les cheveux dans la cour ?

Nine pose le chou-rave.
– Il faut me payer.
– Tu as quel âge ?
– J'ai dix-sept ans.
– Mon mari te donnera des sous.
– Combien ?
– Oh mais je n'en sais rien !
– Vous avez du savon ?

Dans la cour bourdonnent les abeilles du soir. Nine place une bassine et fait grincer le levier de la pompe. Berthe enlève sa robe, ne garde que bustier et caleçon. Elle s'assoit sur un muret, défait chignon et nattes, se penche en avant et déroule la masse de ses cheveux bruns par-dessus sa tête. Sa nuque est très blanche. Nine verse un peu d'eau au hasard. Berthe grogne.
– C'est froid ! Continue.
– C'est l'eau du puits.

Nine arrose le monstre, le bustier déguste, ça dégouline partout. Chair de poule et cris étouffés. Elle fait mousser le savon entre ses paumes et commence à frotter les mèches, creuse de plus en plus profond comme un paysan qui cherche un trésor dans un champ en pente. Elle se penche sur la pagaille, ses propres boucles rousses se mêlent aux ruisseaux, elle verse et frotte sans discernement, son tablier est trempé, l'eau savonneuse serpente entre les dalles.

– Qu'est-ce que vous faites ?

– Eugène, c'est toi ? Elle me lave les cheveux.

– Je vois ça.

– Allez-vous-en, dit Nine.

– Pardon ?

– C'est entre femmes.

– Va me chercher une serviette, implore Berthe.

Nine pompe et verse, elle a pris goût à la torture, elle envoie toute la bassine dans la bataille, Berthe s'accroche à l'aveugle aux hanches de la petite.

– Arrête ! J'étouffe !

Ça s'égoutte. Des papillons perdus, au vol aléatoire, atterrissent, déroulent leurs trompes et butinent les flaques. Un lézard glisse entre les pierres humides. Berthe respire. Nine attend.

– Vos oreilles…

– Qu'est-ce qu'elles ont, mes oreilles ?

Berthe redresse son buste et se met à rire. Ses cheveux serpentent, mangent sa figure, lèchent ses épaules. Elle essaye de les coiffer avec ses doigts écartés. Eugène arrive avec un drap.

– Donne ! Va-t'en !

Les étoffes leur collent à la peau. On voit les tétons de Nine, la touffe noire à l'entrejambe de Berthe fait saillie.

– Va-t'en ! Va-t'en !

Elle entortille ses cheveux dans le drap, elle regrette le soleil qui ne franchit plus les murs du jardin. Seule la cime du tilleul est encore éclairée par les rayons chauds de début de soirée. L'air est tiède, les papillons s'envolent comme à regret.

– Je dois y aller, annonce Nine.

Berthe n'ose pas lui rappeler la soupe à faire cuire.

– Tu es trempée.

– C'est pas grave. Je sécherai.

– Tu reviens demain ?

– On verra.

Ses pieds mouillent les marches et laissent leur empreinte sur le carrelage de la cuisine.

L'oreiller est humide. Eugène souffle bruyamment de son côté. L'obscurité est totale ; la lune a fait faux bond. Berthe ne sait pas si elle aime la nuit ou pas, elle n'arrive pas à se décider. Parfois elle l'imagine comme un personnage qui gagne à être connu ; ça l'amuse de lui inventer toute une famille, toute une histoire gentillette :

Nuit, et son compagnon, Noir. Leurs enfants, la petite Aube aux joues rouges et son frère Crépuscule, au caractère plus sombre, dorment à poings fermés. Le grand Minuit, l'aîné, compte les heures avant d'aller se coucher. Nuit veille, elle aimerait bien faire un petit tour dehors, mais sans Noir. Noir est morose. Il se met facilement en colère. Il ne travaille pas. Il ne fait rien dans la maison, n'allume pas le poêle, n'achète pas des bougies, ne repeint pas les volets. Il passe des heures dans la forêt, plongé dans une profonde tristesse. Il a une vision manichéenne du monde et n'aime pas le gros Gris, un ami de Nuit, qui relativise tout. Pourtant Noir adore sa Nuit. Il lui dit des choses profondes, il prétend qu'ils sont faits pour vieillir ensemble, il ne la quitte pas d'une semelle. Parfois Nuit étouffe. Surtout en été. Parfois Nuit rêve d'une autre vie, remplie d'éclats d'ombre et de lumière, où on fait la noce sous des drapeaux claquant au vent. Le beau Matin lui a fait des avances, il a essayé de l'embrasser, il dit qu'il aime bien les négresses ; elle pourrait s'enfuir avec lui, mais elle ne veut pas abandonner les enfants. Alors elle reste là, assise sur le divan, à écouter Noir soliloquer en marchant de long en large. Elle rêve d'un jour nouveau.

Berthe, couchée sur le dos, regarde dans le noir. Ça ne se voit pas, le noir. Ça flotte entre les choses, comme un gaz. Ou alors, ça émane des choses, comme la lumière émane du soleil. Le monde, pendant la nuit, diffuse du noir. Le monde est un poulpe géant qui vide sa poche d'encre dans l'espoir de tromper ses ennemis. Le noir, ce n'est pas une couleur, tout le monde le sait. D'ailleurs, aucun peintre n'en a sur sa palette. Ce que les gens prennent pour du noir sur les tableaux est un savant mélange de bleu, de vert et de rouge. Le noir pur n'a pas de profondeur. Il convient pour l'encre d'imprimerie, l'encre dans l'encrier, pour écrire un roman confus, une phrase mélancolique, un mot de condoléances. Il ne peut pas traduire le monde, qui est fait de couleurs. Sauf pendant la nuit.

Poutre, vent, flûte. Voici le jour. Colonnes, marées, rhumes. Voilà la nuit. À minuit les bêtes rouges se frottent l'une contre l'autre dans l'étable : saillies furtives, plaies et bleus, vilaines morsures qu'on découvre au petit matin.

Berthe aimerait voir Eugène nu un jour. Ça doit être possible.

Elle a soif. Elle pense à la pompe du jardin, à la bassine, à Nine, à l'odeur de l'eau sur les dalles, à l'odeur de la rivière, à l'odeur sur ses doigts égarés pendant les rares vacances de la bienséance. Elle pense aux tableaux. Pas à un tableau en particulier, mais à tous les tableaux jamais peints, les bons, les croûtes, les miniatures, les panoramas ; elle voit des bras brandir des pinceaux, elle voit des yeux qui louchent, elle voit des sourcils froncés, quelle patience il faut ! Mais quelle patience ! Le lendemain, tout est mis au bûcher par un quelconque iconoclaste… Elle pense à toutes les toiles lacérées, brûlées, piétinées, aux musées en feu, aux ateliers saccagés, aux foules révolutionnaires, aux inquisiteurs hâves, aux soldats en campagne. Et ce pauvre con de Bazille, qui s'est porté volontaire pour crever dans des champs boueux d'une balle dans le bide ! Elle l'aimait bien, Bazille, le géant, qui mettait ses index derrière ses oreilles pour les plier vers l'avant dans un élan de moquerie fraternelle, un énorme sourire aux lèvres… Elle se souvient d'avoir eu faim et la haine des Boches. Elle se souvient des ballons qui décollaient la nuit des places de Paris comme des bulles de savon noir, pour franchir les lignes. Un jour elle montera dans une montgolfière…

Berthe s'endort, dans l'obscurité de la chambre, dans le lit conjugal, le visage sur l'oreiller mouillé, le corps couvert d'une fine couverture trop chaude.

L'après-midi avance à pas de pigeon. L'air est parcouru de serpentins d'arômes : herbe, tourbe, foin, silex, bave d'escargot, aile de mouche, queue de lézard. Dans le ciel des nuages blancs voyagent vers la côte. Berthe rentre à la maison, portant son barda, en méditant sur le confort des peintres à l'atelier. Inventer tout un paysage, un volcan à l'horizon, des montagnes rocheuses au loin, le temple antique sur le promontoire, un aqueduc, un ruisseau, des vaches, un berger, des femmes portant des cruches, un chêne à droite, une falaise à gauche, sans jamais mettre le pied dehors ! À l'abri du soleil, de la pluie, du vent ! Avoir tout sous la main, laisser tout en plan, échafauder tranquillement, revenir à loisir… Elle se rappelle le jour où elle s'était installée dans un pré ; soudain un souffle l'avait fait bondir. Un veau s'était mis à lécher le tableau, le chevalet avait basculé, l'animal avait écrasé les tubes sous ses sabots avant de s'éloigner en chiant tout son saoul. Des enfants de paysans l'avaient bombardée de pommes vertes. Des chalands avaient posé des questions stupides, tout en donnant des conseils idiots, tandis que leur chien levait la patte contre le chevalet. Mouches, guêpes, taons. Averses, bourrasques, canicules. Bourbe, bouse, poussière. Non, la peinture sur le motif n'était pas une sinécure. Marcher sur les sentiers étroits, la boîte de peinture sanglée dans le dos, le chevalet de campagne mordant la nuque, dans une main le tabouret, dans l'autre le parasol, sous le bras la toile en train de déteindre sur la manche, c'était une vie d'âne bâté.

Berthe, en marchant, est en nage. Elle a peint un tableau à l'endroit même de sa baignade d'hier. Elle a observé le courant, elle a scruté le sous-bois sur l'autre rive, elle a rajouté deux oies blanches dans l'herbe. C'est confus, mais quelque chose parle. Elle ne saurait dire de quoi. Il lui suffit de l'avoir fait. Elle n'est pas complètement mécontente. Elle a une faim de loup, aussi. À midi elle s'est contentée d'un quignon de pain rassis, d'une carotte et d'une pomme. Elle ne pouvait guère emporter plus. Pourvu qu'Eugène se soit arrangé avec Nine pour la préparation des repas.

Dans la cuisine rien ne fume, rien ne bout, personne ne s'affaire à l'évier en pierre. Sur la table, taillés dans le marbre, les légumes posent. Une mouche invisible bourdonne. On entend des voix dans le jardin.

Eugène et Nine en grande conversation. Son mari rigole. Est-ce qu'il rigole quand il parle avec elle ? Il se moque ; il sourit. Rigoler, jamais. Berthe est verte de jalousie. Et puis, ils sont trop près l'un de l'autre. Lui, renversé sur sa chaise, elle, jambes pendantes sur le muret. Elle est habillée d'une robe des champs et de rien d'autre. Seins en saillie. Une épaule se dévoile, un mollet sort. Pieds nus. Chevilles nues. Eugène a cet air imbécile des hommes qui croient qu'on ne la leur fait pas facilement.

La garce.

– Nine !

La petite la toise, sans ciller. Eugène change de tête, d'imbécile à idiot.

– Chérie ! On t'attendait.

Les hommes. Tous les mêmes.

– J'ai faim !

– Elle s'en occupe. N'est-ce pas ?

– Oui, Monsieur.

Nine monte les marches sans se presser. Eugène hausse les épaules, lève les mains : gestes d'impuissance. Berthe le bat froid et suit la paysanne dans la cuisine.

– Qu'est-ce qu'on mange ?

– Ça !

Elle brandit un bocal. À l'intérieur nagent des boules couvertes de veines bleues.

– Qu'est-ce que c'est ?

– Des amourettes.

– Qu'est-ce que ça veut dire ?

– Des couilles de bélier. Vous avez fait une peinture ?

– Ça ne te regarde pas !

– Je peux voir ?

– Non.

– Vous êtes méchante.

– N'importe quoi.

– Monsieur m'a embauchée pour la semaine. Je peux dormir ici ?

– Certainement pas. Tu n'as pas de maison ?

– Je dors à l'étable.

Nine pêche une boule dans le bocal, la pose sur une planche, saisit un couteau de boucher dans un tiroir et commence à couper des lamelles.

– Et ton père ?

– Il boit.

– Et alors ?

– Et alors rien.

Elle finit de couper les rognons blancs, jette des copeaux dans le fourneau, rajoute brindilles et branches, frotte une allumette. La fonte se met à chanter. Elle y pose une grande poêle et y jette un morceau de beurre à fondre.

– Tu as un fiancé ?

– Un fiancé !

Quel dédain.

Chaque tranche est farinée et posée dans la graisse chaude. Une odeur de peau au soleil se répand dans la cuisine. Ça rissole, ça rissole.

– Je vous laisse.

– Attends !

– Je ne fais pas le service à table.

– Tu le fais à la taverne !

– Je ne suis pas votre bonne.

– Nine, attends !

Elle s'échappe sans un mot. Berthe enlève la poêle fumante du fourneau. Eugène apparaît sur le seuil.

– Ça sent bon.

– Coupe du pain, veux-tu ?

– Où est la petite ?

– Elle est partie.

– Drôle de fille.

– Parle-m'en.

Ils posent leurs coudes sur la table et mangent les amourettes crémeuses avec les doigts, comme des paysans.

– Elle te plaît, la petite paysanne ?
– Qui ça ?
– Nine.
– Qu'est-ce que c'est cette question ?
– Je suis juste curieuse.
– Souffle la bougie, s'il te plaît.
– Attends. Tu la trouves jolie ?
– Pourquoi ? Tu veux faire son portrait ?
– Elle ne voudrait pas.
– Elle est jolie, avec sa crinière rousse.
– À cet âge, n'importe quelle femme est jolie.
– Tu m'as demandé. Je te réponds.
– Elle t'excite ?
– Berthe !
– Oh ça va. On est en vacances. On est loin de Paris. J'ai vu comment tu la regardes.
– C'est une gamine !
– Et alors ? Tu n'as jamais couché avec une gamine ?
– Berthe ! Qu'est-ce que tu veux ?
– Je veux que tu enlèves cette ridicule chemise de nuit. Je veux te voir nu, là, au milieu de la pièce.
– Tu veux que je pose nu ? Maintenant ? Tu veux me dessiner ?
– Non. Je sais que tu détestes ça. Je veux te voir, c'est tout. S'il te plaît.

Silence. Berthe prend peur. Il ne se fâche jamais, Eugène, il est d'un caractère doux, presque indolent, et certainement timide, mais là, elle a poussé le bouchon un peu loin.

Eugène rejette la couverture. Il fait passer sa chemise de nuit par-dessus sa tête et fait trois pas. Il se tourne vers sa femme, les bras le long du corps, le visage crispé, comme quelqu'un qui s'apprête à boire un verre de blanc à jeun. Quelques gouttes de sueur perlent sur son front.

Berthe allume une deuxième bougie.

C'est un tableau du Caravage. Sans têtes coupées, sans saints, sans anges. Les flammes luisent sur les boules en cuivre du pied de lit. Les ombres pendent comme des voilures. Le corps de l'homme a pris du relief.

Eugène n'est pas grand. Sa barbe cache le bas de son visage, fait ressortir ses yeux en amande, ses yeux de chat. Ses cheveux forment un bonnet étroit sur sa tête.

Sinon, le gringalet est glabre.

Sous les clavicules, des puits.

Les mamelons ! Encadrés de côtes saillantes, ils sont deux îlots sombres sur le lac laiteux du torse.

Les hommes ont des mamelons. Allons donc. Qui l'eût cru.

Ils ont un nombril, aussi, ces fils d'Ève.

Les hanches, chez ce quadragénaire qui ne fait pas d'autre exercice que de promener son cigare au parc le dimanche, sont enrobées de saindoux.

Les genoux bosselés font un clin d'œil aux pieds osseux.

Et la pièce de résistance ? Celle qu'on ne voit jamais ? Au Louvre, il y a une salle fermée aux femmes et aux enfants, parce que les sculptures de l'Antiquité en ont, des pénis, même s'ils sont tout petits. Les Grecs croyaient qu'un petit sexe était preuve d'intelligence. Les satyres, par contre… On parle beaucoup d'un Priape à voir derrière un paravent… Dans les études académiques, l'amour du détail s'arrête systématiquement à l'entrejambe. Et si les hommes du Jugement dernier à la chapelle Sixtine ont été peints entièrement nus par Michel-Ange, son élève Volterra a passé des mois sur l'échafaudage pour cacher les incivilités de son feu maître derrière des bouts d'étoffe. Berthe a entendu Mallarmé discourir sur le sujet.

Elle l'a vu chez les enfants. Le zizi. La quiquette. L'asticot. Ça ne compte pas. Le membre des gamins est au sexe des hommes ce que la pelle à tarte est à la bêche.

Elle n'a jamais vu le sceptre nu. La barre à mine. Le mât. Le goupillon. La poutre de Bamako.

Celui d'Eugène pend sous une touffe de poils. Il a l'air assez innocent, mais Berthe sait que les apparences sont trompeuses.

Voilà ce qu'on tranche chez les eunuques.

Elle saute du lit, se jette à genoux et, avant qu'Eugène puisse protester, elle l'embrasse. Il s'exclame et recule d'un pas. Berthe se lève, le frappe d'un coup de poing à la poitrine, reprend sa position de pénitente. Tiens, c'est plus grand qu'avant. D'un goût âcre, d'un goût doux, d'un goût ancien, d'un goût neuf. Elle sent les mains d'Eugène dans ses cheveux et manque de s'étouffer. Elle recule, régurgite et bave ; lui, il a l'air d'un fauve. Elle lève la main pour demander une trêve.

C'est dans des moments comme celui-ci qu'il faut trouver des mots justes.

– Elle est magnifique !

La montgolfière a brisé les cordes qui la retenaient au sol. La tour de guet se découpe sur fond de ciel bleu. Le cygne, qu'on croyait incapable de voler, s'arrache d'un coup d'ailes puissant de la surface du lac.

Berthe a entendu parler les hommes dans la rue : l'asperge. Le champignon. Le flageolet. Le radis. Le poireau. Le panais. Elle ne trouve pas que ça ressemble à un légume. C'est de la viande.

Eugène semble secoué. Il chancelle. C'est ainsi que les chevaux s'emballent. Il faut flatter leur encolure.

Berthe se colle contre son saint Sébastien et envoie sa langue au milieu de sa barbe, cherche la bouche. Les lèvres amères s'ouvrent, un souffle mâle s'exhale, la langue de son mari joue à cache-cache, se fait attraper, se met à chercher à son tour.

Berthe repousse Eugène pour se déshabiller ; le pauvre se cogne la tête contre une poutre, la tour s'écroule, le vent retombe, le lion se couche, l'homme est assis au bord du lit. Berthe, debout, console, frotte la bosse ; ils rigolent.

– Ça va ?

– Ça va…

Elle fait glisser sa chemise de nuit. On dirait une liane qui se déroule. Ses oreilles sont nues et très rouges. Elle serre la tête d'Eugène contre son ventre.

– Embrasse-moi.

Il a bien compris.

Demain, on fermera les yeux.

Eugène baisse la tête, Berthe pose un pied sur le lit. C'est assez inconfortable, compliqué pour la nuque, difficile pour l'équilibre. Il y a de l'amateurisme dans l'air. Elle se jette sur le dos, ouvre ses cuisses, écarte ses poils avec ses doigts.

– Vas-y !

La langue d'Eugène tombe sur elle comme une feuille d'érable dans l'herbe un jour de vent.

– Attends ! Tu l'as déjà fait, n'est-ce pas ?

L'autre prend un air malheureux. Il n'a pas envie de discuter. Berthe chuchote.

– Sois gentil, mon amour. Sois tendre. Moi aussi, c'est la première fois.

C'est la première fois qu'elle ne voit ainsi que le haut de sa tête et ses yeux qui errent.

– Vas-y, je sens ta barbe, je sens ta langue, j'ai le vertige, je tombe. N'arrête pas.

Il s'arrête. Probablement pour prendre son souffle.

– Continue.

Il continue.

– Arrête !

La vérité est le point d'équilibre entre deux contradictions, disent les Chinois.

Eugène ressemble parfois à une bête, parfois à son mari. Elle n'a pas envie que ça s'arrête. Pas ce soir. Il faut saisir le buffle par les cornes. Il ne passera pas le gué tous les jours.

– Allonge-toi.

C'est un ordre. Eugène s'allonge. Berthe n'en revient pas. Elle se juche à califourchon sur son corps. Son postérieur est une pomme au soleil. Son sexe est un abricotier sous lequel des fruits mûrs roulent parmi les pâquerettes. Un pré salé brouté par un troupeau de veaux. Une mare où clapotent des canards au duvet doux. Elle a une barre dans la figure. Elle a l'engin collé sur le front. Fini, les enfantillages. Ça ne rentrera nulle part, tellement c'est grandiose. Ses lèvres brunes, qu'Édouard a si bien peintes à plusieurs reprises, en grignotent un bout. Ses oreilles sont joliment décollées, roses dans la lueur des bougies. Son chignon tangue.

Le désir ! Désir et Impatience sont assis sur le divan. Ils ne s'entendent plus très bien. Au début, ils étaient cul et chemise, mais quand Désir a perdu son travail à l'usine de briques, il s'est lancé dans un tas d'occupations bizarres : suivre des inconnus dans la rue, prendre des bains de pieds à minuit, tailler des animaux dans des pommes de terre, essayer des coiffures différentes devant le miroir, observer les fenêtres d'en face à la longue-vue. Il ne s'occupe plus des enfants, et Impatience n'a pas la tête à ça. Du coup, la petite Frénésie est tombée malade, elle tremble dans son lit, et Espoir, son frère, mal nourri, est maigre comme un clou. Les parents se chamaillent, Désir a faim, Impatience brûle l'omelette, la maison est un foutoir, les enfants pleurent, les voisins jasent. Le couple devrait se séparer, mais quelque chose les en empêche. Probablement l'habitude.

Berthe se demande ce qu'elle veut. Certes, elle veut qu'Eugène continue. Qu'on vide l'eau de la baignoire. Elle se souvient quand Nine lui a envoyé la bassine à la tête… Quelque chose est planté, il faut que ça pousse. Une rose, un chou, une cerise ? Un truc plus exotique ? Le fruit inconnu, le fruit défendu ? Elle sent que ça pourrait éclore, un jour, et ses fesses tremblent dans l'attente de l'arrivée au col. On dirait un enfant pendant son premier voyage en Inde. On dirait Hannibal dans les Alpes. En même temps, elle est distraite par ce que veut Eugène. Car il veut décidément quelque chose. Cette chair dans sa bouche n'est pas confortable, loin de là, il y a beaucoup à gérer. Conduire un char à bœufs dans un chemin creux doit ressembler à ça. Mais ce qui lui plaît énormément, c'est que la bête implore. Les reins s'arquent. Un coup de langue, et l'arc se tend. Est-ce que ça peut enfler à l'infini ? Voilà la question. Berthe a un peu peur de la chute. Espérons que la blague ne soit pas mauvaise. Elle se demande si Eugène pense à elle en ce moment. Est-ce qu'elle pense à lui ? Si quelqu'un d'autre fourrait sa langue dans sa fente, est-ce que ce serait pareil ? Si elle avait la queue de quelqu'un d'autre dans la bouche, est-ce que ça ferait une différence ? En attendant, c'est son Eugène qu'elle mène par le bout de l'oreille, ce mari qui mange si proprement malgré sa barbe, ce timide qui la regardait avec effroi quand elle a sauté dans la rivière, ce salaud qui faisait les yeux doux à Nine tout à l'heure au jardin. Elle écarte un peu sa tête, la trique ressemble à une grosse dame sanglée dans une robe trop petite. Pourvu qu'elle ne fasse pas une syncope. Elle est rouge, aussi, et luit comme les braises.

C'est beau, tant de désinvolture.

À vrai dire, les trois premières fois, elle n'a rien senti, sauf un certain inconfort. Elle n'a rien dit, il n'a rien rajouté. Dans le noir, tous les coïts sont gris.

Cette fois-ci, la prairie est en feu.

Pourtant, Berthe Morisot s'écarte doucement. Ça va trop vite. C'est comme la peinture : trop rapide ou trop lent, ça revient toujours au même. Elle a besoin de réfléchir. Elle se redresse sur ses genoux, le visage d'Eugène entre les cuisses. La barbe de son mari est toute poisseuse, il regarde en l'air, comme un gamin surpris à voler des œufs dans un nid de pie. Elle contemple les flammes des bougies qui se reflètent dans la sueur sur leur peau.

Psyché, fille de roi, était la plus belle de trois sœurs. Du coup elle était devenue un peu précieuse et refusait les avances des prétendants les plus prestigieux. Un jour qu'elle se baladait au bord de la mer, un nuage l'enveloppa, un vent se leva et la déposa dans une vallée verdoyante, sur un tapis de mousse. Sur un promontoire une villa resplendissait au soleil. Elle n'y trouva personne, les salles étaient vides, la piscine pleine, un pique-nique l'attendait dans la cuisine. Elle décortiqua une grenade et grignota une poire. Le soleil disparut derrière la forêt. Elle se coucha sur le grand lit dans la chambre et s'endormit profondément.

À minuit, dans le noir, la porte s'ouvrit et quelqu'un se glissa à l'intérieur. « Qui c'est ? » s'écria Psyché. « Je suis Éros, le dieu de l'amour, et je t'aime », dit une voix mâle. Deux bras l'étreignirent, elle se laissa aller, ça semblait la chose à faire quand un dieu vous faisait des avances. « Je m'en vais, dit Éros. J'ai du boulot. – Je peux te voir ? – Jamais. Tu ne supporteras pas ma beauté. On s'aimera seulement au cœur de la nuit, volets toujours fermés, lampes éteintes. On s'aimera dans le noir. Es-tu d'accord ? – Comme tu veux, mon amour. » La porte s'ouvrit, quelqu'un s'en alla dans un bruissement d'ailes.

Pendant la journée Psyché s'ennuyait. Elle se baignait dans la piscine, elle faisait des balades dans la forêt, la table se garnissait miraculeusement, il ne pleuvait jamais. Elle aurait aimé lire le journal ou faire une réussite. Ni l'un ni l'autre n'étaient prévus par son hôte. Le soir venu elle attendait son amant merveilleux. Elle vécut des nuits heureuses. Elle apprit à jouir et à faire jouir. C'était son homme, même si elle ne savait pas à quoi il ressemblait.

Un jour elle rencontra un berger et le chargea d'une mission : renseigner ses deux sœurs, qui devaient se faire du souci. La semaine suivante ses frangines débarquèrent. Elles fêtèrent leurs retrouvailles en buvant du thé. Psyché raconta son histoire. Ses sœurs ne furent pas convaincues. « Un dieu, tu parles. Tu es probablement tombée dans les griffes d'un monstre. Il doit avoir un aspect répugnant, voilà pourquoi il ne veut pas être vu. » Psyché se tordit les mains de désespoir. « Que voulez-vous que j'y fasse ? – Cache une lampe dans la chambre. Quand il dort, tu l'allumes. Cache aussi un couteau. Si c'est un monstre… tu le tues ! » Les sœurs s'en allèrent de bonne heure ; le chemin du retour était long. Psyché dissimula une lampe à huile et un grand couteau sous son lit. Elle attendit dans l'obscurité ; son cœur battait à tout rompre.

Cette nuit-là, son amant se dépassa en caresses et tendresses, puis s'endormit, ronflant doucement. Psyché repêcha la lampe et mit feu à la mèche. La flamme s'élevait et répandait une clarté cruelle. Elle saisit le couteau et regarda. Étendu sur le lit, couché sur deux ailes duveteuses, reposait un jeune homme. Sa peau était lisse, sa bouche rose, ses boucles blondes moussaient dans un charmant désordre sur l'oreiller. Elle s'avança pour mieux voir, elle pencha la lampe, une goutte d'huile chaude s'en échappa et tomba sur la poitrine d'Éros. Le dieu ouvrit les yeux et vit la femme au-dessus de lui, brandissant lampe et couteau. Il se mit en colère. « Simple mortelle, tu ne devais pas me voir, moi, un dieu ! Et la dague, c'est pour quoi faire ? » Psyché balbutia. Éros montra la porte. « Dehors ! Va-t'en ! C'est fini entre nous ! » Elle sortit dans le jardin. Un clair de lune y versait encre et lait. Elle s'assit sur une colonne brisée, tenant toujours la lampe criminelle et le couteau superflu, et se mit à pleurer.

Éros regretta sa réaction violente. Quoi de plus naturel, finalement, qu'une femme veuille voir son amant, une fois ? La curiosité n'est pas un vilain défaut. Et il l'aimait, il en était sûr, il était le dieu de l'amour, nom d'une pipe ! Il se rendit au mont Olympe, exposer son cas. Ses collègues étaient tous là, à boire de l'ambroisie et se vanter de leurs derniers exploits. Ils écoutaient le petit, gêné par ses ailes dans ses gesticulations, en l'abreuvant de quolibets. Les commentaires de Vénus étaient particulièrement salaces. Zeus, qui était dans un bon jour, calma l'assemblée. « Facile ! » grommela-t-il. Il se pencha du nuage, pointa son index vers la terre. « C'est bon, tu peux y aller. » Apollon rajouta une obscénité qui fit rire tout le monde.

Zeus avait rendu Psyché immortelle, ce qui valut deux magnifiques ailes de papillon à la princesse. Ainsi les deux amants pouvaient se voir en plein jour, déjeuner sur la terrasse, et faire la bête à deux dos sur la pelouse.

Quelque temps après, elle donna naissance à une fille. Ils l'appelèrent Plaisir.

Berthe a vu *L'Amour et Psyché* au Louvre, peint par David. C'est un tableau qu'elle déteste cordialement. Le dieu gringalet a une tête de garçon boucher prérévolutionnaire et le coude posé entre les seins de son amour comme sur un billot ; le papillon au-dessus de la tête de la pouffe a la couleur et la grâce d'un éclat de marbre. Le paysage au fond donnerait froid à un lézard. David et sa clique ont guillotiné la légèreté, entre autres choses. La Révolution, quel cauchemar ! *Psyché montrant à ses sœurs les présents de l'amour* de Fragonard n'est pas sa tasse de thé non plus, mais ça, au moins, ça a de la gueule, fleurs, encens, colonnes, et un tas de jolies femmes en tuniques chatoyantes. Elle adore *Cupidon et Psyché* de Brocky : la petite paysanne dort après les agapes, le dieu, d'allégresse, a littéralement décollé du lit. Il la regarde comme tout homme devrait regarder la femme après l'amour, avec un sourire triste, et infiniment tendre. Chez les anciens, son préféré est *Amour et Psyché* d'Elisabetta Sirani. D'abord, parce que le peintre est une femme. Et puis sa Psyché au corps rustique, levant haut la lampe à huile, a cette expression sérieuse, un peu blême, qui convient à la découverte d'un dieu endormi et à celle des aléas de l'amour.

Berthe voudrait bien peindre une toile avec Eugène dans le rôle d'Éros, et son autoportrait en Psyché. Malheureusement ce n'est pas possible. Elle passerait pour un traître à la cause. Seule l'Académie chérit le sujet mythologique… Pourtant, elle pourrait traiter le thème de manière résolument moderne ! Lampe à pétrole et revolver ! Édouard comprendrait. Peut-être un jour, discrètement…

Dans la chambre, tout est calme. Leurs respirations, machines à vapeur lancées à pleine vitesse il y a cinq minutes encore, ne sont plus qu'un souffle de soir d'été. Les jongleurs, les acrobates ont quitté la scène. Eugène ne bouge pas d'un poil. Son visage, coincé entre les genoux de son épouse, est calme. Ses yeux sont fermés. Il dort, peut-être. Ou il est mort. Berthe desserre l'étau de ses cuisses, glisse du lit.

– Tu vas où ?

– Je vais pisser.

Elle avance dans le clair-obscur de la chambre comme un spectre pâle habillé de peau claire. Elle trouve l'escalier, descend dans la cuisine. L'odeur des amourettes y est suspendue comme un vieux drap. Le carrelage est frais. La porte grince amèrement. Le jardin est rempli de minuscules bruits, des petites bêtes doivent y voler et y ramper dans l'obscurité. Enfin la lune : une serpe si fine qu'elle entaille le ciel en papier huilé. Les étoiles chantournent le tilleul qui bruisse paresseusement. De jour, le monde s'étale à vue. De nuit, il va jusqu'à l'Hadès, jusqu'en Chine, jusqu'au paradis. Le jour, il est mal fini. La nuit, il est infini. L'herbe est mouillée sous les pieds de Berthe. Elle s'accroupit sous l'arbre et pisse un jet triomphant qui éclabousse ses chevilles et murmure dans le trèfle.

Il s'est passé quelque chose.

Quand elle revient dans la chambre, Eugène, toujours nu, toujours barbu, dort à poings fermés dans la lueur de la dernière bougie.

Le jour ne prolonge pas la nuit, il la remplace. Berthe se souvient de la nuit passée comme d'une eau-forte coloriée à la main. Elle est assise à la table de la cuisine matinale. Son chignon gîte, son petit doigt enroule une mèche rebelle. Elle tire sur son nez pointu. Un verre d'eau rencontre un rayon de soleil. Sur le bois gras tremblent des reflets. Une pomme verte attend le verdict. Berthe lève un grand couteau et frappe un coup sec. Le fruit se sépare en deux moitiés égales. La journée sera bonne. Elle croque un morceau. La chair est acidulée. Ça la fait rire.

Nine déboule, un panier au coude. Sa paupière gauche est enflée, le pourtour de son œil a pris une délicieuse couleur prune moirée d'or.

– Qu'est-ce que c'est cet œil ?

– Rien !

– Quelqu'un t'a frappée ?

– C'est mon père. Verrat ! Bec à foin ! Fot-en-cul !

Elle construit une pyramide d'œufs dans une assiette et brandit un bouquet vert.

– Omelette ! Ciboulette !

– C'est toi qui vas la faire ?

– Il est où, Monsieur ?

– Il lit le journal dans le jardin. Qu'est-ce que tu veux à mon mari ?

– Il faut qu'il me paye.

– Fais voir cet œil.

Nine rechigne. Berthe la saisit par la nuque, sous la masse des boucles, et appuie un doigt sur la joue, sous l'œil écarquillé. L'iris est brun, aux éclats turquoise et Sienne. La fillette sent le céleri et la poule.

– Ça fait mal ?

– Vous êtes docteur, maintenant ?

– Cet après-midi je vais faire ton portrait.

– Laissez-moi !

Nine avance brusquement la tête, comme pour embrasser, ou mordre. Berthe se rassoit.

– Tu veux un bout de pomme ?

– Il faut que j'y aille.

– Attends !

Nine court déjà. Ses pieds ne font aucun bruit sur le carrelage. La porte reste entrebâillée. Dehors, c'est l'été.

Berthe regarde les œufs, ils sont blancs, ça lui rappelle la *Vieille faisant frire des œufs* de Vélasquez. Faïence, jute, cuivre. Carafe, oignon rouge, piments. Une main qui tient un œuf. Il n'y a pas plus difficile à peindre qu'un œuf blanc.

Le village, ce n'est pas Rome. D'ici, de la butte, Berthe voit surtout quelques toits, couverts de tuiles plates et irrégulières. Il paraît que les ouvriers des tuileries sont des pochtrons. Une chose est sûre : on n'est pas dans le Sud, où les maisons sont couvertes des tuiles rondes, que des femmes, ni trop grosses, ni trop maigres, et pas forcément vierges, façonnent sur leurs cuisses. Les tuiles plates sont plus prosaïques, tirent plus sur le vermillon, s'accordent à merveille au vert des feuilles.

Il n'a pas de forme précise, le village. Ce n'est pas Barcelone. Une rue principale, une place, une partie haute, une partie basse : tout ça a poussé selon certaines contraintes du terrain et certaines fantaisies de paysan, dans une laborieuse désinvolture. Les murs sont en pierres apparentes ; les ouvertures sont étroites, sauf les portes des granges, où doit passer le chariot de foin. Les pierres se sont tassées, les poutres se sont avachies, les toits se creusent, un bâtiment construit l'année dernière a déjà cent ans. Le lierre pousse trop vite et ne peut servir d'horloge. Les rues sont en terre. On a pavé la place, mal, avec de bonnes intentions, pour accéder à l'estaminet et sa terrasse, à l'église anoblie par un clocher à claire-voie, et à une maison crépie par une truelle maladroite mais volontaire. La même truelle a gravé en haut du pignon le mot MAIRIE. Elle sert d'entrepôt à des tuteurs de haricots et des roues de charrette. Les rares maisons nanties, construites en bordure du village après la Révolution pour permettre aux citadins de fuir la ville et de s'enrichir parmi les patates, se sont lézardées au fil des ans. Celle de la famille Manet, bâtie par l'oncle, est plutôt modeste. Les villageois l'appellent « la corne de Roland », probablement à cause de la corne d'abondance en relief de ciment au-dessus de la porte d'entrée.

Le village tourne le dos à la rivière. Ce n'est pas Paris. Ici, on se contente de savoir que de l'eau coule quelque part, là-bas, entre les peupliers. Les potagers, la pluie les arrose bien suffisamment. Aujourd'hui, le ciel fait bande à part. Quand il pleut, tout fond ; la bruine fait pâlir les couleurs ; le brouillard estompe les contrastes. Les jours de beau temps, le ciel s'arrache de sa base et vole haut, emportant quelques nuages arrogants. La terre ne le regarde pas, ce ciel bleu, elle s'occupe de ses affaires et fait bruisser la végétation basse. Elle se pare de vert, d'ocre et de Sienne, vert pour la mousse, ocre pour le sol, Sienne pour les toits. Berthe pense à *La Maison du pendu*, que ce rustre de Cézanne a accrochée dans leur exposition de groupe l'année dernière. Vert olive, jaune de Naples, trois touches de rouille… pas évident de peindre si peu, avec si peu, et d'en tirer quelque chose. Berthe aime le violet, le saumon, le malachite. Elle aime la fourmilière, le remugle, la fougère. Le canard, le lézard, le chat. Elle se lève, époussette sa robe, et descend le chemin pour rejoindre Eugène au café.

À l'entrée du village elle croise le père de Nine. Son galurin lui tombe sur les yeux. Son pantalon est lourd de terre. Il est saoul. Attaché à sa ceinture par le cou pendent deux lièvres, oreilles en berne, gueules ouvertes, sacs de peau et touffes de fourrure. Berthe déteste les natures mortes de chasse.

Dans la barbe gluante du vieux s'ouvre un trou. C'est pour parler.

– Faut la payer, la Nine !

Berthe ne sait pas quoi répondre. Est-ce que c'est pour ça qu'il l'a frappée ? Parce qu'elle n'a pas ramené les sous ? Est-ce qu'elle peut lui dire de ne plus toucher à la petite ? Est-ce que cet homme est dangereux ? Il est dégoûtant, c'est sûr. Peut-être qu'un Courbet, assez dégoûtant lui-même, aurait pu en faire un tableau.

C'est le prêtre qui la sauve. Il sort d'une maison basse, un panier à la main, plisse les yeux dans la clarté, constate leur présence, pèse le pour et le contre, et vient à leur rencontre. Sa soutane n'est pas propre, son visage rond arbore un sourire bienveillant, celui que le clergé sert depuis des siècles aux fidèles.

– Tu n'embêtes pas la dame, Henri ?

– J'embête personne.

Le vieux essaye de cracher et réussit à encoller sa barbe. Il tire sur une ficelle.

– Tenez, prenez un lièvre.

Le prêtre est visiblement tenté. Il croise les mains dans les manches de sa soutane et gronde le braconnier.

– Merci, mon brave. Je ne mange pas de ce pain-là.

– Ce n'est pas un lapin. C'est un lièvre ! Vous voulez que je le déshabille ?

Sans attendre une réponse, le vieux empale les pattes arrière sur deux piques de la clôture et sort un énorme couteau de sa ceinture.

– Attention !

La femme de l'art et l'homme d'Église reculent d'un pas. C'est du travail de magicien : quelques rapides entailles, et la peau du lièvre est arrachée, retournée comme un gant. Un grand coup fendille la bête de l'anus jusqu'au cou, les entrailles tombent dans la poussière du chemin. D'une main rouge le vieux brandit l'écorché, violet et rose, en direction des spectateurs un peu jaunes.

– Tenez, monsieur le curé !

– Prenez-le, chuchote Berthe. Il va se fâcher.

– Vous n'avez pas un papier ?

Le cocher arrache une poignée d'herbe et débarbouille la carcasse, la présente avec une courbette. Le curé, moutarde et crème au nez, tient le cadeau par une patte.

– Merci, mon enfant.

Le vieux s'éloigne en grommelant.

– C'est comme ça, à la campagne, dit le prêtre. Les gens ont le cœur sur la main.

– Une main plutôt lourde. Il a frappé sa fille. Elle a un œil en compote !

– La Nine… Elle a besoin d'une instance morale.

– Instance morale ? Ce vieux débris ? Vous voulez rire, mon père ?

– Ce n'est pas une chrétienne irréprochable. Elle…

– Elle quoi ?

Le prêtre essaye de plier le lièvre mort pour le faire rentrer dans son panier.

– On dit qu'elle n'a pas attendu le sacrement du mariage pour…

– Pour quoi ?

– Elle a fauté. Avec plusieurs hommes ! Enfin, c'est ce que j'ai entendu dire.

– Des commérages.

– Madame, vous n'êtes pas d'ici. Vous venez de la ville. Vous ne pouvez pas comprendre.

– Vous n'êtes pas en train de trahir le secret de la confession ?

D'un coup sec, le prêtre casse le dos de son repas du soir et le fait disparaître au fond du panier. Il s'essuie les mains sur sa soutane.

– Si vous croyez qu'elle vient se confesser, la Nine…

– Pas elle ! Les hommes avec lesquels elle a couché.

– Mais personne ne vient se confesser dans ce pays ! C'est un canton de sauvages ! Vous, vous voudriez peut-être venir dans mon église…

– Non, mon père.

Ils se regardent avec méfiance. Le prêtre sourit finement.

– Je dois y aller. Que Dieu vous bénisse.

– Allez vous faire cuire votre lapin !

Berthe ne sait pas pourquoi elle est en colère contre un petit curé de campagne qui a proposé d'entendre sa confession.

Sur la place des hommes entourent un chariot. Une roue est brisée, le plateau penche, des tonneaux glissent, des bras étayent, la mule, toujours attelée, bouge les oreilles pour chasser les mouches. « Jarnidieu ! » « Palsambleu ! » Un tonneau bascule et se met à rouler, suivi de deux pantins. « Peste ! » « Fichtre ! » « Foutre ! » Berthe traverse à bonne distance du foutoir.

Au fond de l'estaminet, Eugène est assis sous la fenêtre. Berthe s'accoude au rebord. Quelques mètres plus bas une rigole serpente dans un drain en béton et charrie des immondices, mais les parois disparaissent sous des cascades de fleurs : chèvrefeuille, jasmin, volubilis. Purin et parfum, tout un poème.

Dans la salle, des mouches vrombissent, se posent, revrombissent.

– J'ai croisé le curé, dit Berthe.

– Qu'est-ce qu'il raconte ?

– Il dit que Nine est une couche-toi-là.

– Parle moins fort !

La salle est vide, à part un berger pittoresque, barbe, cape et bottes, bâton entre les genoux, qui roupille dans un coin.

– Je n'aime pas le curé.

– C'est un brave homme, je suppose.

– J'aime bien la Nine.

– C'est une drôlesse…

– Ne commence pas !

– J'aimerais qu'elle vienne nous servir !

– Qu’est-ce que tu as commandé ?

– Plat unique : tête de veau.

– Le comte l’a dit : ce n’est pas Paris.

– Ses soufflés, ses mousses…

– La ville ne me manque pas du tout.

– Je te fais remarquer que ça ne fait que deux jours qu’on est à la campagne.

– Degas ne tiendrait pas deux heures ici.

– Edgar aurait dit que la campagne, c’est un tombeau bon pour la santé, ou quelque chose comme ça. Il a déjà peint un paysage ?

Berthe enlève son chapeau et l’accroche à une chaise libre.

– Il m’a montré des aquarelles qu’il a faites en Italie.

– Les aquarelles, ça ne compte pas.

– Comment ça, les aquarelles, ça ne compte pas ? Bien sûr que ça compte !

– Pourquoi tu n’en fais jamais, alors ?

– C’est une technique exigeante. On ne peut pas se corriger. Je ne suis pas encore assez bonne.

– Corot ne serait pas d’accord.

– Pauvre Camille… Ce coin, ça lui aurait plu.

– Paix à son âme. Ça ne rigole pas, le cancer de l’estomac. Enfin, il avait presque quatre-vingts ans. Il est né pendant la Révolution, tu te rends compte ?

– Il était plus jeune à sa mort que d’autres à trente ans. Il me manque.

– Qu’est-ce qu’il aimait le saucisson !

– Qu’est-ce qu’il savait y faire avec un pinceau !

– C’est une autre génération. C’est comme Puvis de Chavannes. Ils font encore des yeux doux au Salon. Les jeunes, c’est vous. C’est toi.

– Puvis m'a défendue quand le jury du Salon a refusé *Intérieur*.

– Pourtant il t'a déconseillé d'adhérer aux Artistes anonymes associés.

– Qu'Edgar voulait appeler « les intransigeants », tu te rappelles ?

– Maintenant vous êtes les impressionnistes. Quel nom…

– Foutu journaliste…

– Il t'avait qualifiée de prostituée.

– Non. C'était un autre idiot pendant l'exposition. Pissarro lui a envoyé son poing sur la bouche.

– C'est là que la police est intervenue ?

– Ma foi… j'étais la seule femme parmi les trente peintres. C'était drôle !

– Et l'autre journaliste, le Boche, qui vous a traités d'aliénés !

– Que tu voulais provoquer en duel.

– Heureusement vous m'avez retenu, sinon…

– Tu serais peut-être mort.

– Belle confiance !

– Tu l'aurais vraiment affronté ? Qu'est-ce qui était prévu ? Pistolet ? Sabre ?

– Je n'ai pas eu le temps d'organiser la chose. Vous étiez tous là en train de caqueter. Auguste était pâle comme un linge, Claude avait fermé la porte à clef… Il n'y avait qu'Edgar qui était d'accord avec moi…

– Et après, on s'est mariés.

– Il faisait un froid de canard !

– Le prêtre portait des moufles.

– On a bu du punch.

– Sisley était saoul comme une bourrique.

– Ton frère était odieux.

– Il était jaloux ! Dis-moi…

– Quoi ?

– Si Édouard t'avait demandé de te mettre en ménage avec lui…

– Ne t'en fais pas, chéri. Des artistes en couple, ça ne fonctionne jamais.

– J'étais peintre, moi aussi !

– C'est vrai. Mais tu as su arrêter à temps. Parce que tu m'aimes.

– Laisse-moi réfléchir à ça…

C'est Nine qui interrompt leur conversation. Elle pose sur la table une terrine où fume une tête de veau parmi des oignons blancs, distribue assiettes et couverts, coupe d'énormes tranches de pain. Elle est pieds nus et échevelée, ne sourit pas, ne parle pas, mais les convives sont contents de la voir agir ainsi.

Berthe dessine un petit rond sur la toile blanche et s'arrête. Ça ne lui ressemble pas, de s'arrêter aussi tôt, mais quelque chose plombe son bras. À quel moment un rond devient un soleil ? Une roue de charrette ? Une montgolfière ? Un visage, le visage de Nine ?

Jamais.

Elle rajoute deux points, une ligne verticale, une ligne horizontale. Ainsi font les enfants. Les enfants, ce sont des charlatans nés. Les artistes, ce sont des charlatans par vocation. Elle prend de l'ocre clair sur une brosse et barbouille rageusement l'intérieur du rond, en dépassant la ligne. Ça lui plaît mieux, déjà. À droite, elle dessine le plateau de la table. L'espace s'ouvre comme un éventail. À gauche, elle esquisse le bord du buffet. L'espace se ferme comme un volet. Elle trace la silhouette de la fille. Vite, deux pieds et une ombre. Berthe aimerait lui faire pousser des cheveux, à sa boule, toute une cascade de saumon et de cuivre, mais elle sait que c'est trop tôt. Elle s'attaque à la fenêtre. Quand est-ce que du jaune devient de la lumière, du vert un buisson ?

Jamais.

Pas trop vite. Pas trop vite !

Berthe respire un coup. Le monde se niche au creux de sa main, dans un équilibre parfaitement instable. Elle rajoute une touche qui ne veut rien dire et soupire. Chaque touche doit dire quelque chose, même rien, même l'air. Quand on dit « rien », on ne dit pas rien.

Surtout, surtout ne pas dire n'importe quoi ! Elle lui dessine deux seins, à la Nine, pour ne pas les oublier. Elle aimerait la peindre nue, mais la petite n'accepterait jamais. C'est déjà un miracle qu'elle pose pour un portrait en pied, habillée. Elle a dit qu'elle le ferait si on la paye. Eugène a rigolé, il lui a donné une pièce, qu'elle a glissée dans sa ceinture. Berthe trace la ceinture, trop haute, refait un trait, trop bas, passe entre les deux, on dirait du papier à musique. Elle teint la robe en bleu, à la brosse large. De la térébenthine coule, vite un chiffon, ce n'est pas le bon bleu, il faut que ça sèche un peu pour continuer. En attendant elle travaille le fond, des aplats provisoires. Les mains ! Il faut placer les mains, sinon c'est trop tard. Trop lent, trop lent ! Il faudrait tout faire en même temps, il faudrait qu'elle en ait dix, de bras, comme la déesse Shiva. Il faudrait qu'elle ait cent yeux, comme la mouche.

Berthe pense à autre chose. Elle pense à ce qu'il a dit, le prêtre. « Ce n'est pas une chrétienne irréprochable… » Elle a envie de demander des précisions à Nine, mais ça la fera bouger à coup sûr. Elle retient son souffle et allonge le visage, rajoute une première mèche, celle qui tombe devant les yeux, et peint un œil. C'est une superstition de croire que les yeux, c'est la dernière chose à faire. Renoir y croit. Il lui a raconté l'histoire du peintre chinois qui finit son dragon en dessinant l'œil, à la suite de quoi le monstre ouvre ses ailes, crache du feu et s'envole. Nine est toujours là. Berthe agrandit l'œil gauche, entouré du cocard. Personne ne comprendra, mais elle, elle saura. Elle s'en souviendra, de Nine.

Le désir de peindre un bon tableau devient très fort. C'est bon, le désir, c'est un bon guide, on peut peindre avec. Le désir est une couleur qui n'a pas de nom. Elle frotte la brosse sur la toile pour gagner du temps. Le bleu de la robe, mâtiné de blanc, est déjà un peu mieux. La bouche est apparue toute seule, c'est bon signe.

Nine laisse tomber ses bras.

– Je dois faire une pause.

– Assieds-toi un instant.

– Je peux voir ?

– À la fin seulement.

– Pourquoi pas maintenant ?

– Ça porte malheur.

– Au peintre ? Au modèle ?

– Au tableau. Bois un peu d'eau.

– Vous en voulez ?

C'est un verre de vin que voudrait Berthe. Nine a apporté une épaisse bombonne de rouge, qui attend au frais sous l'évier.

Eugène ne serait pas d'accord.

Nine reprend la pose, Berthe son pinceau. La pause a fait du bien aux filles. Les couleurs sont plus profondes.

Une demi-heure de travail en silence.

Le grattement de la brosse sur la toile.

Le pinceau lèche la palette comme un chat qui lape du lait.

On se demande ce que peut foutre un peintre pendant une demi-heure : combien de touches faut-il pour faire un tableau ? Combien de couches ? Berthe a un pinceau entre les dents, le manche lui a teint un coin de la bouche en vert. Elle fronce le sourcil. Il faut l'enrichir, le tableau. Il faut y entasser de l'or, des rubis et des perles. Il faut du thym dans la soupe, de l'ail et un os à moelle.

Nine veut une autre pause, elle s'ennuie. L'ennui du modèle a une qualité particulière. Il n'ose rien dire, parce que l'artiste lui a volé sa langue. L'artiste parle à sa place, esquisse une danse de saint Guy derrière son chevalet. Le modèle voit le dos de la toile vibrer et se pose des questions.

– Ne bouge pas les mains !

– J'en ai marre !

– Encore un peu, s'il te plaît. J'ai bientôt fini.

C'est fini quand, un tableau ? Quand on ne peut plus rien y rajouter ? Berthe donne des coups de couleur claire un peu partout ; elle sait qu'elle joue sa vie, le buffet commence à craquer, la robe de Nine se fendille, l'horloge s'arrête, les oiseaux suspendent leur vol, la Terre ne tourne plus, et Berthe jette le pinceau.

– C'est fini.

Elle vérifiera ça plus tard. Demain.

– Montrez-moi.

Berthe n'en a aucune envie. Il ne faut jamais montrer le portrait au modèle. Elle retourne le chevalet. Nine rigole.

– C'est quoi, ça ?

D'abord, il ne faudrait peindre que des gens muets. Encore mieux : des aveugles.

– C'est toi !

Nine a l'air sceptique.

– C'est mes cheveux ? On dirait de la vigne vierge à l'automne.

Heureusement elle s'en fout pas mal, du résultat. Elle va chercher la bombonne sous l'évier, gratte la cire, arrache le bouchon, remplit un verre et en met copieusement à côté.

– Je n'en veux pas… dit Berthe.

– C’est pour moi !

– Et puis zut, donne-m’en.

– Déjà l’heure de l’apéro ? demande Eugène. Il se tient à la porte du jardin, le journal sous le bras. Il va vers la toile, penche la tête, fronce les sourcils, recule d’un pas, montre du doigt.

– C’est bien, chérie.

Nine, hilare, pousse les verres pleins sur la table.

Pendant que Berthe nettoie ses brosses, Nine allume le fourneau et prépare à manger. Elle coupe de l'oignon, de l'ail, du lard, les fait revenir dans une énorme poêle noire, rajoute des dés de patate, touille. Ses gestes sont imprécis mais efficaces. Ses ongles sont rongés jusqu'à la chair.

– Nine, les hommes…

– Sont des imbéciles !

– Ils te font du mal ?

– Ça dépend. Vous avez du vert sur la joue.

Berthe frotte du dos de la main.

– C'est parti ?

– Attendez.

La petite se plante devant la femme peintre, lève les yeux. Elle mouille son index sur sa langue, le passe sur la peau maculée. Son doigt sent l'oignon et le lard. Elle s'attarde à la commissure des lèvres.

– Ça ne veut pas partir, dit-elle, l'air soucieuse.

Elle se dresse sur la pointe des pieds, avance son museau et lèche la joue. Berthe en reste bouche bée. Nine retourne au fourneau remuer zèlement les patates.

– Mais…

Nine chante :

Mais il est bien court, le temps des cerises
Où l'on s'en va deux, cueillir en rêvant
Des pendants d'oreilles…

– Tu es folle !

– Non, Madame. Vous êtes folle. Avec votre peinture, et tout.

– Qui est folle ? demande Eugène, surgissant dans l'encadrement de la porte. Vous vous disputez ?

Les femmes ne répondent rien. L'une secoue la poêle, l'autre range sa boîte de peinture. L'odeur de la friture chasse les effluves d'huile de lin. Les branches tambourinent à l'intérieur du fourneau. La graisse grésille. Eugène allume une cigarette, Berthe pense, Nine sert du rouge.

– C'est prêt !

– Tu manges avec nous ?

– D'accord. Je vais chercher du persil dans le jardin.

Berthe dit à voix basse :

– Il ne fallait pas l'inviter.

– Je ne comprends pas.

– C'est la servante.

– Ce n'est pas une servante de la famille ! C'est une fille du village.

– Elle…

Nine revient, des herbes plein les pognes. Ciboulette, persil, sarriette. Ils se mettent à table, rompent le pain, boivent du rouge, avalent des patates au lard. Nine souffle sur sa fourchette. Elle rince ses bouchées avec du vin et sert tout le monde à la ronde.

– Le curé, tu le connais ? demande Berthe. Il…

– Il m'a mis la main au cul ! Et à l'église, encore !

Eugène fronce les sourcils.

– Cet homme est un vrai animal, dit Berthe.

– Non. Les animaux, c'est rigolo, dit Nine. Vous avez déjà vu un étalon et une jument le faire ?

Berthe rougit.

– Je crois que je n'ai jamais vu un animal… le faire. Toi, Eugène ?

Eugène roule posément une cigarette.

– Ma foi… Des chiens ?

– Les chiens, c'est drôle ! Un jour on a vu un caniche qui essayait de sauter un braque, sur la place. On était pliés de rire.

Nine mime des deux mains.

– Les chats, par contre, on ne les voit que rarement. Ils le font en cachette. Ça ne dure pas longtemps.

Eugène gratte une allumette.

– Tu es experte en la matière, on dirait.

– Les chevaux sont maladroits. L'étalon, campé sur les pattes arrière, juché sur le cul de la jument, ne peut pas tenir en place ; il est obligé d'attraper la crinière avec ses dents pour ne pas glisser. Mais au moins la jument, elle, ne bouge pas. Par contre j'ai vu une vache traverser un champ avec le taureau sur le dos. Elle marchait, il remuait les sabots, c'était ridicule. Il a fini par glisser et faire la culbute dans un ravin, il n'avait pas l'air malin !

– Et les cochons ? demande Eugène.

– Pire que les bovins ! On dirait deux œufs qui essayent de tenir en équilibre l'un sur l'autre. Par contre, j'aime bien regarder le bélier. Grâce à ses grandes cornes en spirale il ne perd pas complètement sa dignité en ramonant.

Berthe se dit qu'elle a bien du vocabulaire, cette petite.

– J'ai entendu dire que le coq ne perd pas de temps…

– Une seconde sur chaque poule ! Trois plumes qui volent, et elle picore de nouveau. Le canard, c'est terrible. Il mord la tête de la cane ; parfois ils s'y mettent à plusieurs. Elle est piétinée et écrasée, ce n'est pas beau du tout.

– Ce sont des animaux, dit Berthe.

Ses oreilles chauffent. Le vin, certainement.

Nine a les pommettes écarlates.

– Observez leurs yeux : ils regardent droit devant eux, quand ils le font. Ils sont comme aveugles.

– Ce n'est pas comme nous, dit Berthe, en vidant son verre, sans regarder personne.

– Ah çà non ! Vous avez déjà vu un vit d'âne ? Le bout rose pend jusqu'au sol. C'est magnifique. Les hommes, par contre…

– Et si on parlait d'autre chose ? dit Eugène.

– Je peux tirer sur votre cigarette ?

Ça y est, il va perdre patience, monsieur Manet. Berthe rigole.

Eugène ne bouge pas. Il est très beau, assis sur sa chaise : barbe fournie, yeux en amande, poignets minces, doigts longs.

Il se penche en avant, tend le mégot à Nine, en regardant Berthe droit dans les yeux. Elle se lève, saisit la bombonne, déjà bien plus légère, et remplit les verres à ras. Des reflets tremblent. Elle se souvient du *Porteur d'eau de Séville* de Vélasquez, et du miracle : le verre, l'impossible verre, peint par la main du maître. Londres était noyé dans la brume, sa sœur admirait les horribles vases en or de Apsley House, et Berthe devant le tableau de l'Espagnol décidait ce jour-là de devenir peintre, elle aussi. Aujourd'hui, les verres débordent de vin. Dehors, c'est encore le jour, c'est encore le ciel et la terre ; dans la cuisine, le crépuscule rôde entre les pieds des chaises. Son tableau sur le chevalet n'est plus qu'une tache claire. Nine essaye de faire des ronds de fumée. Ses cheveux, dans la pénombre, ont pris une couleur terre de Sienne.

Il faudrait allumer une bougie.

Nine se met à chanter. Doucement, d'abord, puis de plus en plus fort. Les deux autres l'écoutent comme on écoute le tonnerre rouler sur la lande.

Jeanneton prend sa faucille,
La rirette, la rirette,
Jeanneton prend sa faucille,
Pour aller couper du jonc.

En chemin elle rencontre,
La rirette, la rirette,
En chemin elle rencontre,
Quatre jeunes et beaux garçons.

Le premier un peu timide,
La rirette, la rirette,
Le premier, un peu timide,
Lui caressa le menton.

Eugène, incrédule, vide son verre et fait un clin d'œil à Berthe.

Le deuxième un peu moins sage,
La rirette, la rirette,
Le deuxième un peu moins sage,
La jeta sur le gazon.

Le troisième encore moins sage
La rirette, la rirette,
Le troisième encore moins sage,
Souleva son blanc jupon.

Ce que fit le quatrième,
La rirette, la rirette,
Ce que fit le quatrième,
N'est pas dit dans cette chanson.

Berthe, ébahie, vide son verre et n'a d'yeux que pour Nine.

Mais pour le savoir mesdames
La rirette la rirette,
Mais pour le savoir mesdames
Allez donc couper du jonc.

La morale de cette histoire,
La rirette, la rirette,
La morale de cette histoire,
C'est qu'les hommes sont des cochons.

La morale de cette morale,
La rirette, la rirette,
La morale de cette morale,
C'est qu'les femmes aiment les cochons !

Nine a fini.

Un Courbet l'aurait culbutée depuis longtemps.

– Mon mari n'est pas un cochon, dit Berthe.

Nine saute sur ses pieds, s'approche d'Eugène et pose une main sur sa braguette. Berthe enfonce ses mains dans la masse de ses boucles et la tire en arrière. Eugène a saisi le poignet de la petite et l'immobilise.

Leur groupe pourrait donner des idées au jeune Rodin.

– Aïe ! Vous me faites mal !

– On va tous dans la chambre, dit Berthe.

C’est un ordre.
C’est l’été.
C’est le soir.
C’est la fin du monde.

Petite, Berthe et sa sœur, chacune couchée sagement dans son lit, chuchotaient dans le noir des ragots glanés, racontés par des peintres hirsutes et des écrivains moustachus à la table des grands : sauvages des îles qui se partageaient les femmes de la tribu, dames du harem gardées par des eunuques pour le plaisir du pacha, orgies dans des maisons closes aux portes de Paris. Les fillettes ne savaient pas où habitaient ces sauvages, à quoi ressemblaient ces eunuques, ce qui se passait dans une maison close. Elles savaient que la glace était mince. Elles n'avaient aucune idée de ce qu'un homme pouvait faire avec une femme. Ni avec plusieurs.

Berthe monte l'escalier derrière Nine et son mari qui porte la chandelle. C'est comme monter au sommet d'un phare en pleine mer. À chaque marche ils quittent un peu plus le bas monde. La chambre sent l'urine. Nine vide le pot par la fenêtre. Les iules seront contents.

Trop rapide. Trop lent. Tout peut foirer à chaque instant.

Par où commencer ce qu'ils ont commencé ?

Nine, l'artiste, déshabille Berthe. Les boutons sautent un par un. Les rubans pendent. Les étoffes glissent, plient, s'écartent, la peau apparaît. Noyau de la cerise. Ventre pâle du poisson.

C'est étrange de se trouver nue au milieu de la pièce. Au bord de la rivière, ce n'était pas pareil. Il y avait les rayons du soleil et les ombres des feuilles. Des carpes sautaient pour attraper des mouches. Les nuages tiraient leur chapeau. Tout était vaste. La chambre est étroite. La chambre est calme. La bougie ne l'éclaire qu'imparfaitement. Beaucoup des choses restent dans le noir. La lumière monte à l'assaut des épaules de Berthe. Elle est consciente de ses cheveux, de ses nattes enroulées autour de sa tête, de ses accroche-cœurs sur son front. Elle sent ses oreilles se déployer comme des éventails. Ses pupilles s'agrandissent à vue d'œil. Ses seins, par contre, ont rétréci ; sa motte tremble ; ses pieds sont hors de sa vue. Elle ne sait pas quoi faire de ses mains, qui ont si bien manié le pinceau cet après-midi.

Berthe croise les bras sur sa poitrine. Nine se déshabille. Ça fait penser au lièvre que son père a adroitement dépouillé. Son corps est plus pâle que son visage. Elle envoie sa robe sur le dossier d'une chaise. Eugène, tout habillé, est assis sur le lit, les mains sur les genoux, comme un petit garçon. Nine est nue parmi ses cheveux, mélange de crevette et de Marie-Madeleine.

– Allonge-toi, dit Berthe.

Nine se jette sur le matelas à côté de l'homme.

– Tourne-toi.

Nine se tourne sur le dos et ouvre ses cuisses de grenouille.

Le sexe de la femme. Trésor caché des pirates pendus, champ dévasté par un troupeau de buffles, source chaude et soufrée sous les rochers, chat allongé sur le rebord de la fenêtre, morceau de gâteau aux mille cerises, fleuve jaune de limon d'un pays exotique, boîte de sardines de qualité supérieure, grotte remplie de stalagmites et de dessins rupestres, arène où s'affrontent un matador en or et un taureau argenté, pot en grès débordant de sauge ananas, hélice d'un paquebot tournant à l'envers, chemin de garde percé de meurtrières, gazon sur lequel batifolent jongleurs et acrobates, verre de lait chaud pour l'enfant malade, symbole de la nuit sans lune ni étoiles, boucherie visitée par des mouches à midi, pansement sanglant du soldat blessé à la tête, triangle maladroit dessiné dans la farine par la bonne, geste obscène du pilote en chute libre au-dessus de la mer, nid de rats responsables de la peste noire, havre sûr pour voiliers démâtés par la guerre, puits profond d'où sort la vérité nue, chœur d'anges équipés de harpes et de trompettes de cuivre, poêle remplie d'huile bouillante pour faire frire les patates, livre de poésie imprimé avec des vieux caractères en bois, vapeur d'eau d'une locomotive lancée à travers la plaine, ronde ivre de paysans dansant pieds nus au mariage, globe terrestre en relief étudié par des doigts d'aveugles, boîte à poudre de la pâle princesse, cénacle de philosophes caquetant comme des poules, belle prune trouée par le ver du fruit, lac de montagne reflétant les nuages paresseux.

Monet a fait courir le bruit : Gustave Courbet aurait peint un sexe féminin et rien d'autre pour un cheik richissime qui l'aurait emporté à Constantinople dans une caisse capitonnée. Personne n'a jamais vu le tableau, et Berthe se demande parfois ce qu'a pu faire l'obèse socialiste. Une conque glabre à peine fendillée ? Une béance dans l'obscurité, mâtinée d'une touche de rose ? Une espèce de figue molle noyée dans l'huile ? Sans tête ni queue ? Qu'est-ce qu'il y connaît, au conin, le vieux sanglier à qui la destruction de la colonne Vendôme a brisé les reins ? Exilé en Suisse, malade, il fait de la peine : les jeunes artistes ne le choisiront pas comme figure tutélaire, il ne sera le grand-père de personne. Berthe avait douze ans quand ses *Baigneuses* avaient fait les choux gras des critiques qui traitaient sa dondon de Vénus hottentote ; elle en avait vingt-deux quand elle a vu sa *Femme nue couchée*, cocotte rustique dans une position lascive, sans mordant, sans futur, supplantée quelque mois plus tard par l'*Olympia* d'Édouard qui reprit le flambeau du scandale avec une fougue inouïe. Peindre un sexe de femme en rotant de la bière : un bras d'honneur du cochon au pied du mur… Mais certains de ses sous-bois sont faits de tons justes, et certains de ses paysages de neige brillent ; tout n'est pas à jeter dans l'œuvre du grognard, du père Fouettard que Berthe ne voudrait pas dans son atelier ni à sa table. Quel dommage que le monstre cache la forêt ! Monet racontait aussi qu'une nature morte de mêmes dimensions avait été fournie par Courbet à l'acheteur pour cacher ce sexe aux regards inopportuns…

Parfois, le dimanche, la famille Morisot accueillait une vieille tante du côté paternel qui traversait le jardin appuyée au bras de son cocher. Elle était née avant la Révolution et avait une fois, gamine couronnée de roses, servi le thé à la bande de Marie-Antoinette au Trianon. Enfin, c'est ce qu'elle prétendait. Après la Révolution, disait-on, elle avait dansé aux bals des guillotinés, habillée de tulle, le ruban rouge autour du cou… Son mari s'était étouffé avec un os de poulet le jour où on lui avait annoncé la perte de sa flotte de corail dans une tempête au large de l'Espagne. Elle l'avait enterré en s'évanouissant une douzaine de fois au-dessus du cercueil, pendant que ses amants fumaient le cigare sous les saules du cimetière. En vieillissant, elle s'était ridée comme une carotte d'hiver ; elle en avait pris la couleur, aussi. Elle adorait raconter des histoires aux enfants, étroitement surveillée par les autres membres de la famille, qui craignaient des dérapages dus à la confusion mentale de l'ancêtre guillerette. C'était à table, en postillonnant par sa bouche édentée, qu'elle avait mis en garde Berthe et sa sœur : jamais au grand jamais elles ne devraient se servir d'un miroir pour se regarder l'entrejambe, car au son d'une cloche ou au chant du coq la glace figerait et fixerait l'image et, comme si cela ne suffisait pas, l'enverrait aux surfaces réfléchissantes des environs, couvrant ainsi de honte les fillettes trop curieuses. Ses propos n'avaient ni queue ni tête et avaient été immédiatement noyés dans les cris et protestations des autres convives, qui l'avaient fait sortir pour qu'elle puisse se rafraîchir à l'eau de Cologne et calmer ses nerfs sur la terrasse. Berthe n'avait même pas eu l'idée d'une telle introspection avant que sa tante en ait parlé ; son intérêt était désormais éveillé. Effectivement, sans miroir on n'y voyait pas grand-chose. Elle n'osa pas en employer un, craignant l'improbable diffusion de l'image par magie, et proposa à Edma un examen nocturne et réciproque qui ne devrait pas présenter de risques, excepté celui de se faire surprendre par leurs parents. Sa sœur refusa net.

Depuis ce temps, Berthe porte en elle une nostalgie, et une envie de voir de près ce qu'on ne peut même pas nommer de loin, dans la bonne société : le sexe d'une femme.

Le sexe de Nine ressemble à une chimère composée de fruits, de viandes et de mollusques. Les boucles sur son ventre sont rousses, mieux, couleur carotte. En dessous, parmi des poils plus rares et plus sombres, la chair est ourlée, élancée, luisante. Une odeur puissante monte au nez : vomi, sardine, cumin. Ou alors : lait caillé, cuir, confiture. Ou encore : poulailler, écorce de pin, chocolat. Berthe se penche davantage, elle ne sait pas si c'est propre, tout ça, un endroit aussi confiné ne peut quand même pas sentir le savon et la lavande. Elle donne un coup de langue hardi qui fait tressaillir le cul de la petite. Il faut s'occuper du pauvre Eugène, aussi. Berthe abandonne Nine pour embrasser d'une bouche lourde les lèvres dures de son mari.

Ce que firent les trois bougres,
La rirette, la rirette,
Ce que firent les trois bougres,
N'est pas dit dans cette chanson.

La bougie, moignon de cire jaune, brûle et fume.

Nine enfile sa robe.

Eugène dort sur le dos.

Berthe gît parmi les draps.

Ils ont fait un trou dans la nuit, où a disparu la bête à trois dos, trois bouches, trois sexes, à six yeux, six mains, six oreilles, à douze pattes, à soixante-douze côtes, à mille boucles brunes et rousses. À un moment donné, Berthe a fini par basculer, comme le chariot qu'elle a vu à midi sur la place, et le tonneau du plaisir a glissé, roulé, explosé. Elle en est revenue, elle n'en revient pas.

Nine disparaît sans un mot dans l'escalier. Une porte couine, le levier de la pompe grince, l'eau éclabousse la vasque. Berthe saute du lit, enfile une robe de chambre, prend le bougeoir, descend dans la cuisine où persiste une odeur de lard et de patate. Sur la table, les assiettes et verres sales attendent patiemment une main bienveillante. Par la fenêtre elle voit Nine accroupie sur les dalles. La lune, lointaine, hautaine, perche au-dessus du tilleul et éclate le jardin en feuilles blanches et ombres d'encre. Berthe s'assoit. Ses cheveux déroulés balaient le bois.

– Qu'est-ce que vous faites là ? demande Nine depuis la porte.

– Je ne sais pas.

– Vous voulez que je revienne demain ?

– Je…

– Ce n'est pas possible. J'accompagne mon père au marché de Bourbiers.

Berthe a oublié que dehors il y a le village, ses maisons délabrées, ses ruelles en terre. La place aux dalles irrégulières. Les potagers où poussent les haricots comme des serpents opalins. Les vergers aux fruits à peine mûrs. Les haies de ronces et d'orties. La forêt remplie de feuilles. Les ravins peuplés de rongeurs, renards, rapaces. La route, les ornières, un carrefour. D'autres villages, où dorment d'autres paysans sur de la paille. Bourgs, mairies, pharmacies, églises. Moulins, turbines, usines. La ville : cafés, claques, restaurants, magasins, boulevards, corniches et blasons, ponts de fer, ponts de pierre. Boucheries, merceries. Clapiers et salons. Musées et tinettes. Boutiques de taffetas et marchands de couleurs. Calèches et chars à bras. Gares, rails, canaux, ports, d'autres pays, où les gens se disputent dans d'autres langues. Drapeaux, étendards, piques, pierres tombales ; fusils et fourches ; sel et poivre ; soie et sable ; émeutes et mariages ; ours blancs et dromadaires ; torrents glaciaux descendant des montagnes vierges ; fleuves limoneux poussant des bateaux à voile vers des mers inconnues.

Le putain de vaste monde.

– Nine… Assieds-toi.

– Je dois partir.

– Attends !

– Qu'est-ce que vous voulez ?

– Je veux te donner quelque chose.

– De l'argent ?

– Ton portrait ! Prends le tableau.

– Qu'est-ce que vous voulez que j'en fasse ?

– Je ne sais pas… un souvenir ?

La petite hausse les épaules. Elle a la mine renfrognée. C'est le matin, il va falloir éplucher les patates. Nuit et son ami Noir vont se disputer au réveil d'Aube. Le jour va faire du porte-à-porte.

– Je n'en ai pas besoin…

– Nine…

– Allez vous coucher !

Ses pieds nus ne font aucun bruit sur les dalles. La porte d'entrée claque. Berthe reste seule. Elle regarde le portrait sur le chevalet à la lueur de la bougie mourante, les couleurs sont ternes, les formes imprécises, on n'y voit rien. Ce n'est qu'une image.

L'art, ce n'est pas la vie.

Berthe remonte dans la chambre, s'allonge à côté d'Eugène qui ronfle doucement, tire le drap sur sa poitrine. La bougie grésille et s'éteint. Flottant dans l'immense obscurité, elle se demande quand est-ce que les choses vont revenir, et surtout, lesquelles.

– Eugène ?

– Berthe.

Elle trouve son mari assis dans le jardin, habillé de son costume de voyage, en train de fumer. Elle aussi a fait un effort vestimentaire, elle a mis une robe de ville sombre et des bottines. Ses cheveux sont en bataille, ses nattes défaites, son chignon sommaire, elle sait très bien ce qui les empoisse, tout à l'heure elle passera la brosse.

Faut-il ne pas sourire ?

Elle sourit.

– Pas de café ?

– On devrait rentrer à Paris.

Paris. Ses soufflés, ses mousses. Les boulevards où roulent les calèches des riches, ou s'égosillent les pauvres, à pied. Leur belle maison décorée à la mode, aux tentures sobres, aux meubles de goût, rangée par la bonne qui – disent les mauvaises langues – est en affaire avec le fils du pâtissier. Les amis, qui préparent des expositions tonitruantes, qui bataillent pour un art nouveau. Le bon Pierre-Auguste, qui a fait deux gosses à son modèle préféré sans jamais les reconnaître. Alfred le chevelu, fidèle à sa femme au nom absurde de Marie-Louise Adélaïde-Eugénie. Stéphane, toujours en vrac, ayant épousé une Allemande qu'il croyait anglaise pour la tromper avec une blanchisseuse. Edgar le snob qui se rend au bordel pour y dessiner des prostituées et dire du mal des petites bourgeoises. Claude, toujours volubile, et sa femme souffreteuse qu'il prétend aimer plus que la vie. Et Édouard, qui l'a torturée avec d'interminables séances de pose, qui a corrigé ses tableaux pinceau à la main malgré ses protestations, qui a essayé une fois de l'embrasser, pendant que sa femme grassouillette jouait du piano au salon, et qu'elle n'aime pas seulement pour sa peinture, mais à qui elle préfère son frère, tellement moins encombrant comme mari.

C'est compliqué.

Berthe voit le jardin. Le lierre mange les murs. Le tilleul a la tête dans les nuages. Un tournesol contemple les fourmis. La brouette gît dans l'herbe. Autour de la pompe une tache sombre s'étale sur le ciment.

– D'accord. Rentrons à Paris.

– Le train passe vers midi. Ça nous laisse peu de temps. Tu fais tes bagages ?

Berthe se rend compte qu'ils n'en parleront jamais. Que cette nuit sera effacée de leur histoire, et de l'histoire de l'art. Il lui restera sa peinture et ses yeux pour pleurer.

– Eugène ?

– Quoi ?

Il se méfie.

– Je voudrais un enfant.

Il tire sur sa cibiche.

– D'accord.

On fait la paix comme on peut.

Tous deux s'affairent en silence, empilent sur le perron deux valises, un sac, deux paniers, la boîte à peinture, le chevalet de campagne, les toiles encore vierges, deux toiles peintes : *Eugène au jardin* et *Bord de rivière*.

– On ne va jamais pouvoir trimballer tout ça.

– Tu veux aller chercher le vieux et sa carriole ?

Quand on fuit un pays en guerre, on n'embauche pas des soldats pour porter la dentelle. Ils sont là, devant la pile de leurs bagages, à se sentir bêtes.

– J'ai une idée !

Berthe contourne la maison et revient avec la brouette. Ils chargent le plateau, Eugène saisit les barres, pousse l'engin dans le chemin. La roue cerclée de fer grince et brinquebale. Berthe marche à côté et équilibre la charge qui menace de dégringoler. Pourvu qu'ils ne rencontrent personne. Que personne ne leur pose de questions. Que personne ne rigole.

Le pays est vaste, le ciel d'un grand bleu. L'été a tout pris en main, la lumière, l'air, la terre. Les arbres hébergent des colombes, les buissons des moineaux, l'herbe des mouches. Tout respire profondément, comme après un effort ; comme après un âpre combat, tout se repose dans la chaleur du soleil.

Eugène commence à suer, sous son canotier. Les bottines de Berthe se couvrent de poussière. Une vieille dans son potager, appuyée sur sa binette, regarde l'étrange couple passer sur la route, et se penche de nouveau sur ses plants de courges. Ces citadins, ils ne savent plus quoi inventer… La gare de Plinecourt au bout de l'allée tient ses promesses d'un lointain inconnu. Un jour on va pouvoir aller jusqu'en Chine par chemin de fer. Le guichet est fermé ; ils achèteront leurs billets au contrôleur. Le quai est vide : qui voudrait partir ? Pour aller où ? Un panache de fumée parmi les peupliers annonce l'arrivée du train. Ils abandonnent la brouette sous un auvent. Quelqu'un s'en chargera.

Le paysage défile ; il fait ça quand on voyage. Berthe et Eugène sont installés dans un compartiment pour deux. Le trajet risque d'être long, ils n'ont rien apporté à manger, ni à boire.

Il faut bien qu'ils soient un peu punis.

Eugène lit les annonces de *La Gazette*.

LETTRES TRANSPARENTES ET SOLIDES – *INALTÉRABLES AU FEU ET À L'EAU* – *Cette composition, à la fois transparente et ferme, se prête aux simples indications de la boutique et du magasin et aux plus belles reproductions d'armoiries et de travaux gothiques. Elle ne fait point saillie sur le verre, laisse passer le jour et la lumière, et subit le lavage quotidien aussi bien que l'effet du soleil, sans rien perdre de sa fixité. Elle s'applique sur toutes les surfaces polies et ne s'en détache plus. Les lettres et chiffres, simples ou coloriés, bronzés, dorés, argentés, s'aperçoivent à une distance considérable.*

Il caresse sa barbe d'un mouvement régulier de la main gauche.

Une des branches les plus intéressantes de la science médicale, à la portée DES GENS DU MONDE – Traité pratique des Maladies urinaires. 7e édition, 1 vol. de 900 pages, enrichi de 314 FIGURES D'ANATOMIE. Du même auteur : D'une cause fréquente et peu connue D'ÉPUISEMENT PRÉMATURÉ. Cet ouvrage, qui contient les causes, les symptômes, les complications, la marche et le traitement de cette insidieuse maladie, est précédé de considérations générales sur l'éducation de la jeunesse, sur la génération dans l'espèce humaine et sur le problème de la population, avec des observations de guérison. 1 vol. de 600 pages.

Berthe regarde par la fenêtre.

Le paysage défile.

– Eugène ?

– Oui ?

– Si c'est une fille, on l'appellera Julie. Et si c'est un garçon, on l'appellera Août.

– Comme tu veux, ma chérie.

– C'est une blague !

Eugène ne rigole pas. Il tourne la page. Il était moins collet monté à trois heures du matin.

Le train sort des bois entre deux collines. La grande plaine s'annonce par un défilé de nuages à l'horizon, le fer du ciel repasse la terre. Le S d'une rivière. Le I d'un canal. Des cheminées fument. Une usine, poutres de fer et briques émaillées, se reflète dans l'eau. L'air est brumeux au-dessus de la lointaine capitale.

De quoi peindre.

Ou pas.

L'art, c'est faire des choix.

Berthe ferme les yeux. Le portrait de Nine est resté dans la cuisine. Elle aurait donné sa main droite pour l'emporter, mais ce n'était pas possible : autant embaucher la petite comme femme de chambre chez eux à Paris. Elle a tourné le cadre face peinte contre le mur, elle l'a abandonné à côté du fourneau. Quelqu'un s'en servira pour allumer un feu. Peut-être qu'un villageois le clouera sur son clapier à lapins. De la toile huilée, c'est mieux que du papier goudronné. Ou alors, quelqu'un l'accrochera, un peu de biais, dans une chambre sombre et enfumée : une fille rousse habillée en paysanne va nu pieds, flanquée d'une table et d'un buffet, sur fond de fenêtre ensoleillée. Elle a regardé son tableau une dernière fois, à la lumière du jour : la composition est osée, le geste libre, la couleur claire. C'est un bon tableau. C'est déjà ça.

On peut toujours rêver.

Berthe sourit : dans la vitre du compartiment, sur fond de faubourgs, se reflètent son chapeau, son visage, ses yeux sombres, ses grandes oreilles décollées.

Certifié PEFC

Ce produit est issu de forêts gérées durablement et de sources contrôlées.

PEFC 10-31-1470

pefc-france.org

Achevé d'imprimer en janvier 2021
sur les presses de la SEPEC
à Péronnas

Imprimé en France

N° d'impression : 24574201260

Dépôt légal : janvier 2021

IMPRIM'VERT®